5, rue des Aubépines

*

E. BOUTEVILLAIN-WEISROCK

PAULE

Roman

Éditeur : BoD-Books on Demand
12-14 rond-point des Champs-Élysées, 75008 Paris
Impression : Books on Demand, Norderstedt, Allemagne

ISBN : 9782322241118
Dépôt légal : Août 2020

Quiconque est voué à l'avenir a au fond de sa vie un Roman pour donner naissance à la légende, mirage de l'histoire.

Chateaubriand, Vie de Rancé, Livre II.

2016

Février.

Elle l'attendait depuis deux heures quand elle entendit la voiture et la portière claquer. Un seul bruit. Il était venu seul. D'une certaine façon, elle en fut soulagée. Machinalement, elle se leva pour lui ouvrir. Elle n'avait plus envie de le voir, mais il avait tellement insisté. Fortement. Par lassitude, elle avait cédé. Et maintenant, il se tenait là, devant elle, gauche.

– Bonjour, Paule.

Elle s'effaça pour le laisser entrer et le suivit dans le salon. Il resta un instant interdit sur le seuil ne sachant s'il pouvait s'asseoir et surtout constatant que rien n'avait changé. Elle lui indiqua, d'un geste, le canapé et attendit. Son malaise se fit plus prégnant au milieu de cette pièce figée dans le temps. Tout était à la même place : objets, vêtements, meubles, déco. Paule avait tout laissé en l'état. Il n'osa pas imaginer l'étage. La chambre. Tout devait être comme à son départ. Dix ans pourtant étaient passés. Il avait refait sa vie avec Élise, mais Paule semblait avoir oublié la sienne. Elle le fixait d'un regard vide, dénué de sentiment. Elle n'était plus que l'ombre d'elle-même. Cheveux blancs, amaigrie et le regard triste. Il connaissait ce regard. C'est lui qu'il avait fui dix ans plus tôt. Son regard et sa souffrance. Ce n'était plus tenable. Il lui en avait voulu à l'époque et il lui en voulait aujourd'hui d'être restée dans le passé et de lui jeter au visage sa lâcheté. Oui. Il avait été lâche. Lâche et égoïste. Mais tous les hommes ne sont pas des héros. Tous n'ont pas la carrure pour supporter l'insupportable. Il n'avait pas pu. Il avait essayé. En vain. Rester avec elle alors que leur vie était brisée relevait de l'insoutenable. Il voulait oublier, se reconstruire, mais elle avait été incapable de surmonter son chagrin. Alors, il était parti. Il avait fui les larmes, les sanglots, la mort. Le revoici, dix ans plus tard, une nouvelle vie en poche et un avenir à construire. Il se racla la gorge.

– Élise et moi voulons nous marier.

Il n'eut pas à poursuivre, elle avait compris. Elle attendait ce moment depuis dix ans.

– Très bien, répondit-elle.

Elle se leva lui signifiant ainsi que l'entretien était terminé. Il avait duré quinze minutes tout au plus. Il fut décontenancé.

– Tu comprends que...

Elle hocha la tête. Oui, elle avait compris. Elle se dirigea vers la porte, l'ouvrit et le regarda, d'un œil morne, franchir le seuil. Elle suivit la voiture des yeux, puis revint dans le salon, oubliant de fermer la porte. Assise sur le canapé, elle réentendait les mots. Nous marier. Oui, bien sûr. Il fallait divorcer. Après dix ans de séparation quoi de plus normal. Mais ce n'était pas n'importe quels dix ans. C'était dix ans sans Noémie. Treize ans. Fauchée un soir de novembre en sortant du Conservatoire par un chauffard jamais retrouvé. « Non, maman, je suis grande, je prends le bus ». Oui, tu es grande. Mais si fragile. Quelque chose venu du tréfonds de Paule refit surface. Des larmes ? Non, pas encore. Si fragile, oui. Si jeune aussi. Le policier devant la porte avait eu bien du mal à accomplir sa mission. Il y a eu un accident. Votre fille. Paule s'était vidée de sa substance. Elle avait mis du temps à saisir le sens des mots. Oui, ma fille. Elle est au Conservatoire. Elle va rentrer. Venir avec vous ? Pourquoi ? Noémie va arriver, il faut que je sois là. Ensuite, ce fut la morgue. Seule, sans Bastien en déplacement à l'étranger. Seule dans cet espace sinistre où l'on vous regardait avec pitié. Une salle. Un drap soulevé. Une main portée au visage quand elle reconnut sa fille. Elle n'a pas souffert. Ce fut immédiat. Quoi ? Je ne comprends pas. Pourquoi est-elle allongée là ? Elle va avoir froid. Hagarde, ses yeux se posaient alternativement sur le policier et le médecin. Il faut que je la ramène dans son lit. Une main posée sur le bras, une chaise et des mots de compassion. Au retour, son appel à Ernest, son ami, le parrain de Noémie. Je ne comprends pas Ernest, Noémie dort chez des gens que je ne connais pas. Et puis la douleur, immense, profonde, sans nom. Les cris, les pleurs et Bastien. Bastien et sa colère. Bastien et ses reproches. Bastien et ses accusations. C'est de ta faute ! Toi et ton foutu piano. Ma faute. Oui. De ne pas avoir insisté pour aller la chercher. Sa vie la quitta quand le cercueil de sa fille pénétra le chœur de l'église, quand il se glissa dans son tombeau. Quand il fallut lui dire au revoir. La vie la quitta et jamais ne revint. Ses parents et Ernest furent là, mais le malheur ne se partage pas. Il se porte. Il s'apprivoise. Elle ne sut pas le dompter. Depuis dix ans, elle vivait avec lui. Ses collègues se lassèrent de son hébétude constante. Ses frères la réconfortèrent un temps, puis retournèrent à leur vie. Ses belles-sœurs compatirent. Ses amis se firent discrets, attendant des jours meilleurs. Le monde entier compatit, mais s'estime heureux de ne pas vivre cela. En automate, elle reprit le travail ; elle s'alimenta par nécessité. Elle s'isola et n'eut pour seul lien que ses parents et Ernest. Chacun se tut et Noémie entra dans les cœurs pour ne plus en ressortir. Le souvenir de la petite emplissait la maison. Ses affaires traînaient à l'endroit où elle les avait laissées. Son piano tenait tout le salon. Immense piano à queue. À six ans, elle avait annoncé son envie d'apprendre le piano. La première année fut rude. Des gammes, encore des gammes, toujours des gammes. Elle butait, s'obstinait, travaillait, puis gagnait. Après ce fut plus fluide. Liszt et Chopin s'invitèrent. Leurs morceaux résonnaient encore dans la maison. Paule avait tout. Une fille adorable, un métier passionnant et en deux minutes son univers s'était effondré. Sa direction eut l'empathie nécessaire pour la laisser reprendre à son rythme. Elle excellait dans le prêt immobilier. Lentement, sans s'en rendre compte, elle gravit les échelons. Jusqu'au grand patron. Une promotion ? À Paris ? Non, merci. Pourquoi ? Ma fille est enterrée ici. Paule tut son deuil, la mort de sa fille. Au fil des ans, le monde de la finance étant en changement constant, peu de ses collaborateurs savaient. Les larmes se tarirent, elle s'enferma et emmura sa souffrance. Et maintenant, il fallait vendre la maison. Divorcer, peu importe, mais vendre la maison ! Et les affaires de Noémie ?

– Paule ?

Elle n'entendit pas.

– Paule, insista doucement une voix grave derrière elle.

Elle tourna la tête. Il lui fallut quelques secondes pour le reconnaître.

– Ernest !

Il était là. L'ami de toujours. Dans son salon.

– Tu as laissé la porte ouverte…

Elle se leva, incertaine de ce qu'elle devait faire. Elle s'avança, balbutiant. Il ouvrit les bras, elle s'y précipita. Il la serra fort, fit jaillir les larmes, puis les sanglots. Violents. Puissants. Si longtemps retenus.

– Je suis là, maintenant. Je suis là.

1976

Quarante ans plus tôt. Rentrée scolaire.

– Sophie Antoine ?

– Présente.

– Isabelle Baudoin ?

– Présente.

La maîtresse faisait l'appel des élèves en ce premier jour de rentrée. Paule attendait patiemment que vienne son nom.

– Nicolas Maréchale ?

– Présent.

– Paule Maréchale de Saint-Jean ?

– Présente.

Voilà. C'était fait. Elle avait levé la main et attendait la suite.

– Ernest Villorin ?

Nul ne répondit.

– Ernest ? dit la maîtresse fixant gentiment le petit garçon assis au fond de la classe. Il faut que tu lèves la main pour que je te voie.

Timidement, l'enfant obéit.

– Bien. Vous êtes tous là. Cette année est une grande année pour vous. Vous allez apprendre à lire, à écrire et à compter.

Trop cool, pensa Paule. Elle jeta un œil à la classe et sourit à Vincent. Elle connaissait tous ses camarades à part Samuel et Ernest. Tous, ils sortaient de la même section de maternelle. Autant dire qu'elle était en terrain connu. Madame Duplessis, la maîtresse, lui était inconnue. Une grosse femme dont la gentillesse irradiait déjà la classe. Paule se sentait bien. La première journée se déroula sans surprise et le soir la petite fille raconta ce qu'elle avait fait. Julien, son frère aîné inscrit en CM1, lui expliqua vertement qu'on s'en fichait vu qu'elle était qu'en CP alors que lui était chez les grands. En réponse, sa sœur lui tira la langue.

– Julien et Paule, ne commencez pas, se fâcha Antoinette.

Elle commençait à fatiguer des chamailleries de ses aînés. Pierre, son époux, lui avait dit que cela passerait, mais en attendant, elle subissait. Antoinette assurait à la fois son rôle de mère, notamment avec Xavier, le petit dernier, et son travail à l'épicerie. Mais un peu de calme à la maison aurait été le bienvenu. Depuis un an, sa fille et son fils aîné créaient une ambiance électrique qui devenait quelque peu pénible. La raison en était la jalousie de Julien, parce que sa sœur avait sa propre chambre alors que lui devait la partager avec son petit frère. Ses parents lui avaient pourtant expliqué qu'il leur fallait économiser un peu d'argent encore avant de lui aménager une chambre dans le grenier. Mais rien n'y faisait, il asticotait constamment sa sœur. Ses parents avaient acheté voilà dix ans une grande maison pour y installer leur commerce. Pierre avait foi dans le commerce de proximité. Et il avait raison. Malgré le développement des supermarchés, il savait que l'offre de services qu'il proposerait satisferait une partie de la population notamment la plus âgée. Il avait donc aménagé le magasin au rez-de-chaussée de la maison et un appartement à l'étage. L'arrivée de leur fille les obligea à céder une chambre pour elle toute seule. Toute petite, certes, mais pour elle seule. Julien s'estima lésé et devint jaloux. Agacée par son frère, Paule descendit à l'épicerie et se mit à compter les boîtes de conserve. Compter la calmait. Voir les clients aussi. Elle s'asseyait derrière le comptoir et les observait. Des grands, des gros, des petits, des gentils, des pas sympas, des jeunes, des vieux. Elle aimait bien les vieux parce qu'ils lui donnaient systématiquement une pièce quand elle les aidait à ranger leurs courses dans leur sac. Elle ne le faisait pas pour cette raison, mais parce qu'elle avait envie. Et les petits vieux du quartier en récompense lui donnaient une pièce. Sur les conseils de son père, elle mettait ses sous dans une boîte pour plus tard quand elle serait grande.

– Bonjour Mademoiselle.

– Bonjour Madame, répondit Paule.

La vieille dame était là. C'était elle qui la première avait donné la pièce à la petite.

– Tu veux bien m'aider ?

Paule se leva et écarta le sac pendant que la dame mettait ses courses à l'intérieur.

– Alors qu'as-tu fait aujourd'hui ?

Pierre leva les yeux au ciel. Question à ne pas poser à sa fille. Dieu seul sait pourquoi, elle était un véritable moulin à paroles. Une fois lancée, elle ne s'arrêtait que lorsqu'elle était sûre que son interlocuteur avait bien compris toute l'histoire. Et cela pouvait durer longtemps. La petite expliqua donc qu'elle était en CP, qu'elle était assise à côté de son cousin, que la maîtresse était gentille, qu'elle allait apprendre à lire et ce fut son père qui, venant de finir de servir des clients, interrompit le flot continu.

– Paule, tu embêtes la dame.

– Absolument pas. Moi, je trouve cela très rafraîchissant. Vous savez je suis une vieille dame toute seule, alors un petit bout qui me raconte sa vie, ça me fait plaisir. Tu sais que moi, à l'école, j'avais une blouse et un encrier ?

Paule ouvrit la bouche de stupéfaction. L'école existe donc depuis si longtemps ? Incroyable ! Même les vieilles personnes sont allées à l'école !

– Paule, à quoi penses-tu ?

Madame Duplessis venait de remarquer que l'écolière avait levé le nez de sa page de copie et regardait dans le vide.

– Ben, la vieille dame hier, elle a dit qu'elle était allée à l'école et qu'elle avait une blouse et un encrier.

– Oui et alors ?

– Ben, elle est vieille !

– Je ne comprends pas, Paule. Qu'est-ce qui te dérange ?

– Je croyais pas que l'école existait depuis si longtemps.

Madame Duplessis esquissa un sourire.

– L'école existe depuis bien plus longtemps encore. Quand tu auras fini ta copie, tu iras en CE1, demander à Madame Plassard un livre d'histoire.

Paule se dépêcha et fit ce qu'on lui demandait. Quand elle revint, elle tendit le livre à Madame Duplessis qui s'empressa de chercher la frise chronologique dont elle avait besoin.

– Regarde. Là, c'est la période dans laquelle nous sommes.

Paule regarda et acquiesça.

– Et bien, l'école, elle est née là. Pendant l'Antiquité.

Paule suivit le doigt de Madame Duplessis.

– Ça fait beaucoup longtemps ?

La maîtresse sourit de la maladresse syntaxique.

– Très, très, très longtemps.

– Plus que la vieille dame ?

– La vieille dame, c'est ici sur la frise.

– Ouah ! Alors, ça fait beaucoup longtemps.

– Oui. Retourne à ta place maintenant, on va passer au calcul.

De retour à la maison, Paule raconta à son père son incroyable découverte.

– Madame Sanson n'est pas si âgée. Elle est comme ton arrière-grand-mère Marie.

Paule fronça les sourcils.

– À Saint-Aubin.

– Ah oui ! Ben alors, elle est pas vieille.

Pierre sourit.

– On ne dit pas vieille, on dit âgée.

La petite acquiesça en se demandant bien ce que « vieux » voulait dire au final. Les jours s'égrenèrent jusqu'aux vacances de la Toussaint.

– Paule ! Veux-tu bien t'appliquer !

Paule faisait sa page de copie et depuis son bureau, la maîtresse constatait que le stylo allait à grande vitesse. Ce qui pour une enfant de six ans n'était pas tout à fait normal. Paule resta un instant interdite.

– Si tu écris trop vite, tu écriras mal.

Madame Duplessis était vraiment trop forte. Depuis son bureau, elle avait vu qu'elle écrivait trop vite. La petite ralentit, mais accéléra quand elle jeta un coup d'œil sur le cahier de son cousin.

– Paule, la rappela à l'ordre la maîtresse, pourrais-tu m'expliquer pourquoi tu n'écoutes pas ce que je te dis ?

Confuse, la petite rougit.

– Vous allez me gronder.

– Dis-moi d'abord et ensuite on verra.

Madame Duplessis, de toute façon, ne grondait jamais. Elle n'en avait pas l'occasion et ce n'était pas dans sa façon d'enseigner.

– C'est parce que je fais la course avec Nicolas, chuchota penaude la petite.

– Tu fais la course ?

– Oui, à celui qui écrira le plus vite.

La maîtresse resta un instant silencieuse.

– Paule, tu feras la course en dehors de l'école. Ici, tu dois apprendre à bien écrire.

– Mais c'est long, souffla la petite.

– Ça, c'est vrai ! confirma Bruno.

– C'est peut-être long, mais vous en aurez besoin plus tard. Il faut que vous formiez vos lettres correctement pour qu'on puisse vous lire. Que feras-tu quand tu sauras écrire ? demanda soudain Madame Duplessis à Paule.

– J'écrirai à ma grand-mère !

– Ta grand-mère ?

– Oui, elle habite dans le Jura. C'est loin.

– Bien. Tu écriras ta grand-mère. Et si elle n'arrive pas à lire ta lettre parce que c'est mal écrit ?

Paule fixa la maîtresse. Mince, elle n'y avait pas pensé. Quelques minutes plus tard, l'institutrice constata que Paule écrivait enfin à vitesse normale. La sonnerie retentit et une envolée de moineaux se précipita en récréation. Les enfants jouèrent à chat, à 1-2-3 soleil, discutèrent, crièrent et alors qu'elle courait comme une dératée derrière Sophie, Paule se stoppa net dans son élan. Dans son champ de vision était apparu Ernest. Seul. Adossé contre le mur. Mais ce n'était pas ça le problème. Il pleurait. Elle s'approcha de lui, mais il essuya rapidement ses yeux et lui tourna le dos. La fin de la récré sonna interrompant Paule et lui laissant un goût d'inachevé. Ce n'était pas normal. Pas normal d'être tout seul et pas normal de pleurer. Ce soir, c'était les vacances, il aurait dû être content. Paule passa la fin de la journée à se retourner en classe pour voir si Ernest pleurait toujours. Oui. Cela la dérangeait. On pleure quand on est tombé, sinon il n'y a pas de raison. À 17 heures, les enfants quittèrent l'école pour une semaine. Ernest fut le dernier à sortir la mort dans l'âme.

– Tu es bien silencieuse, dit grand-mère Suzanne.

Paule avait débarqué le lendemain matin chez sa grand-mère dans le Jura. Antoinette avait emmené sa fille tôt afin de pouvoir s'occuper de Xavier et remplacer Pierre à l'épicerie. Xavier, du haut de ses deux ans, était du voyage et avait passé le trajet à gazouiller avec sa sœur. Julien avait lui aussi passé ses vacances chez sa grand-mère, mais comme Nicolas, le Jura ne lui plaisait pas. Trop froid, trop loin, et en plus ça sentait le purin. Trop campagne quoi. Seule Paule voulait y retourner et c'était tant mieux. Pour Suzanne qui adorait sa petite-fille. Pour Antoinette qui avait enfin le calme à la maison. Et pour Paule qui était chouchoutée par tout le monde. Du boulanger qui vendait les « Esse[1] » ; du boucher charcutier qui vendait le pâté de foie dont elle raffolait à Justin et Marie Simone, les amis d'enfance de sa maman. Bref, plein de gens attentionnés rien que pour elle.

– Alors ma puce, tu ne me parles pas ?

---

[1] Pâtisserie

– Je suis contrariée.

Le mot, dans la bouche d'une enfant de six ans, fit sursauter Suzanne.

– Explique-moi.

La petite réfléchit un instant puis raconta Ernest.

– Peut-être s'était-il fait mal ?

– Non. Tu sais, il est tout le temps tout seul.

– Vous ne jouez pas avec lui ?

Paule eut une hésitation.

– Bah non.

– Et pourquoi ?

– Ben, j'en sais rien. J'avais pas vu qu'il était seul. Tu sais, on est aussi avec les CE1 et les CE2 dans la cour. Je pensais pas que quelqu'un pouvait être seul, je crois. Moi, j'ai plein de copains.

– Parce que tu les connais depuis longtemps. Ernest, c'est la première fois que tu me parles de lui, il doit donc être nouveau.

– Oui, c'est vrai, il est nouveau.

– Alors, il faudra que tu joues avec lui à la rentrée.

– Tu crois ?

– Bien sûr.

– Non, je veux dire, tu crois qu'il voudra que je joue avec lui ?

– Mais bien sûr ! Il n'ose peut-être pas te demander ?

– Mais oui ! cria la petite. C'est ça que je vais faire. Je vais jouer avec lui !

Soulagée, la petite mordit à pleines dents dans sa tartine de beurre. La semaine se déroula de façon traditionnelle : la messe le dimanche, seule occasion pour laquelle Paule acceptait de se coiffer ; promenades dans le village ; repas gargantuesques ; courses à Pierre de Bresse en compagnie de Marie Simone, la femme de Justin conscrit et ami d'enfance d'Antoinette. Il habitait avec sa femme Authumes, commune proche de Neublans, et, sans enfant, ils s'étaient amourachés de la petite. Non que Julien soit antipathique, mais il venait trop peu pour se laisser aimer. Menuisier de profession, Justin compensait l'éloignement de la fratrie Maréchale auprès de Suzanne, dispersée dans toute la France. Il aimait cette famille et Antoinette et Suzanne le lui rendaient bien. Enfant trouvé, il avait été élevé par un couple de paysans voisins des parents de Marie Simone. Les jeunes gens se plurent, puis se marièrent. Mariage veuf d'enfants, ils débordaient d'un amour que seule Paule avait réussi à déclencher et capter. Il faut dire que le petit bout hirsute qui gambadait tant bien que mal dans la cour de sa grand-mère avait conquis sans difficulté aucune ce père esseulé. Paule était devenue leur rayon de soleil, et l'âge venant, ils assurèrent les urgences auprès de Suzanne : coupes de bois, travaux en tous genres. Suzanne, véritable mère poule avec sa petite-fille, les avait laissés entrer dans leur vie par compassion, parce qu'ils ne connaissaient pas son bonheur. À toutes les vacances, ils passaient donc et prenaient la petite un après-midi avec eux. Ce jour-là, ils demandèrent l'autorisation à Suzanne de l'emmener aux champignons. Ce fut donc une Paule emmitouflée des pieds à la tête et chaussée de bottes de pluie qui monta dans la 4 L. Elle aimait bien la 4 L, même si elle la trouvait plus moche que la 2 CV de ses parents.

– Tu fais attention où tu marches, ma puce, parce que le pré, ce n'est pas droit, il y a des trous.

Trop tard, la petite venait de faire sa première cabriole. Elle pleura un peu parce qu'elle avait peur d'être grondée par sa grand-mère.

– Ta grand-mère a surtout peur que tu te fasses mal, pas que tu te salisses.

Rassurée, Paule continua sa quête de champignons. Le pré en était rempli et pourtant la petite n'en vit aucun. En revanche, elle découvrit la bouse de vache, puisqu'elle venait de tomber dedans ; un renard au loin ; le passage de mésanges, mais point de champignons. Au contraire de Justin et sa femme qui remplissaient leurs paniers.

– Eh bien les gamins ! La chasse est bonne ? lança une voix bourrue derrière eux.

– Papa !

Marie Simone embrassa son père.

– Papa, je te présente Paule.

Firmin, le père de Marie Simone, savait qui était la petite, mais la rencontrait pour la première fois.

– Alors, c'est toi la petiote Paule.

Impressionnée par la taille de géant de Firmin, Paule resta toute timide.

– Elle cause pas ?

– Tu lui fais peur, le morigéna sa fille.

– Eh ben, c'est bien une gosse de la ville pour avoir peur d'un vieux comme moi ! Vous passez prendre le café ?

– Oui, à tout à l'heure.

Voyant Paule regarder le vieil homme s'éloigner, Marie Simone lui précisa qu'il s'agissait de son papa et qu'on était dans son pré. Une fois leur cueillette terminée, le jeune couple et la petite se rendirent à la ferme de Firmin et de Maryvonne, crottés, mais les paniers pleins.

– Jolie récolte ! s'extasia Maryvonne. Venez, vous mettre au chaud, j'ai préparé le café. Bonjour, Mademoiselle.

Paule, intimidée, murmura une réponse. C'est que pour une ferme, c'était une ferme. Elle n'en avait jamais vu de pareil. Sombre à l'intérieur avec une odeur permanente de bêtes.

– Asseyez-vous, les enfants.

Paule s'assit sur le bord de la chaise.

– Installe-toi mieux, gamine, tu vas tomber, tonna Firmin.

– Papa, arrête, tu lui fais peur.

– Tudieu, v'là autre chose.

– Marie Simone a raison. La petite ne nous connaît pas, arrête de lui faire peur, rouspéta Maryvonne. Elle boit du café ?

– Maman, elle est bien trop petite.

– À son âge, tu buvais un bol !

– Eh bien Paule, ce sera de l'eau.

– Les gosses de ville, ce sont des chochottes.

La discussion entre adultes commença, excluant Paule qui en profita pour observer la pièce. C'était bien trop sombre et bien trop étrange pour elle et en même temps, cette odeur animale n'était pas désagréable.

– Tiens, prends un gâteau.

Maryvonne lui tendit une boîte en ferraille dans laquelle moult biscuits se promenaient. La petite se servit et se mit à regarder le gâteau.

– Qu'est-ce qu'il y a, ça te plaît pas ?

– Papa ! gronda Marie Simone, voyant les larmes monter aux yeux de la petite. Qu'est-ce qu'il y a ma puce ?

Paule pinça les lèvres et ne dit rien.

– Chérie, mon papa est un vieil ours. Il fait peur à tout le monde et ça lui fait plaisir. Ne t'occupe pas de lui, et dis-moi ce qui ne va pas.

Prenant son courage à deux mains, Paule expliqua qu'il y avait des choses écrites sur le gâteau, mais qu'elle ne les comprenait pas.

– Et c'est ce qui te tracasse ?

La petite acquiesça. Marie Simone la prit alors sur ses genoux et observa avec elle le gâteau.

– Tu reconnais les lettres ?

La petite fille répondit oui.

– Alors, fais comme à l'école.

– B I, ça fait bi.

– Bien. Et après ?

– Après, il y a un E, et après je sais pas.

– C'est un M.

– Oh. Et après ?

– C'est un V.

– Après, je sais, c'est un E.

– Et après ?

– Je sais pas.

– Un N.

Paule se concentra sur le biscuit une fois toutes les lettres reconnues.

– J'arrive pas, fit-elle dépitée.

– BI-EN-VE-NUE

– Bienvenue ?

– C'est ça !

Marie Simone prit un autre biscuit. Paule découvrit MERCI. Fière d'elle, elle enfourna les deux biscuits sous le regard éberlué de Firmin.

– Ben ça, fit-il.

Une fois le café pris, Maryvonne proposa à Paule de visiter la ferme. Encouragée par Justin, la petite accepta et fit la connaissance d'un univers inattendu. Poules, oies, pigeons, Fauve de Bourgogne, tout éblouit ses yeux. Firmin et Maryvonne furent mis à contribution pour expliquer ce que chacun faisait dans la ferme. Le cochon Rosette et le cheval de trait Gustave furent le clou du spectacle. À son retour chez sa grand-mère, elle fut intarissable et remplit la pièce de son babillage tandis que Firmin et Maryvonne sentirent un vide après son départ. Le lendemain, Suzanne décida d'emmener sa petite fille aux Hays.

– Tu te sens assez courageuse pour prendre ton propre vélo ?

– Oui ! cria la petite.

Paule aimait les Hays. Commune proche de Neublans, elle abritait une maison abandonnée sur le perron de laquelle Suzanne avait pris l'habitude de s'asseoir par beau temps. Aller aux Hays avec son propre vélo était une première. Suzanne prévint Justin qu'elles allaient aux Hays et qu'elle aurait aimé qu'il passe dans le coin si jamais Paule était trop fatiguée pour rentrer.

– Ne vous inquiétez pas, si à 17 heures vous ne m'avez pas rappelé, j'irai vous chercher.

Rassurée, Suzanne entraîna sa Paule dans son sillage. Vaillamment, la petite pédala suivant les consignes de sa grand-mère « Tiens ta droite ; on s'arrête au stop ; on tourne ». Elles arrivèrent sans encombre et Paule eut l'impression d'avoir conquis le monde. Suzanne s'assit sur le banc en pierre installé sous l'auvent, tandis que Paule commença à explorer les lieux. Elle aimait cette cour couverte de verdure, les deux lilas encadrant l'entrée, le portail qui tenait par l'opération du Saint-

Esprit et surtout le calme des lieux. Chacune trouvait son bonheur dans ce havre de paix. Suzanne semblait partir dans un autre monde, surveillant Paule, mais ne prêtant pas attention à ses propos, et Paule se mettait à poser des tonnes de questions sans attendre la réponse, une question en chassant une autre. Lorsque le soleil commença à décliner, Suzanne donna l'ordre de rentrer. Paule pédala jusqu'à la maison sans faillir, mais une fois arrivée, elle s'allongea avec son doudou sur le canapé et s'endormit. Sa grand-mère n'y prit pas garde jusqu'au moment du repas où elle ne parvint pas à réveiller Paule. Terrorisée à l'idée d'avoir tué sa petite fille, elle appela Justin.

– Elle dort, dit celui-ci se redressant. Elle est juste très fatiguée. Ne vous inquiétez pas, restez près d'elle et si jamais vous voyez quelque chose d'anormal, appelez-moi.

Suzanne s'installa dans le fauteuil en face du canapé et se mit à prier. Elle pria ainsi toute la nuit et remercia ardemment Dieu, le lendemain matin, lorsque Paule s'éveilla.

– Ben moi, j'ai drôlement faim.

Et pour être affamée, elle l'était ! Paule passa le reste de la semaine à ramasser les feuilles tombées, à se promener dans le bois, à manger de bons petits plats ; elle retourna une fois dire bonjour aux animaux de Firmin, puis rentra dans ses pénates, laissant un vide que seule l'attente des prochaines vacances combla. À l'école, il fallut la récréation et voir de nouveau Ernest isolé au fond de la cour pour lui rappeler son envie de devenir son amie. Elle aborda frontalement son prochain ami en lui demandant s'il avait passé de bonnes vacances. N'obtenant pas de réponse, elle reprit ses jeux avec ses autres amis, puis revint à la charge et comme Ernest se recroquevillait de plus en plus, elle se mit à lui raconter sa semaine dans le Jura. Le petit garçon découvrit le débit impressionnant de Paule ; que Firmin était un géant avec des animaux ; qu'elle avait mangé des gâteaux pour apprendre à lire et tout un tas de choses dont il ne souvint plus à la fin de la récréation. Il resta sur la défensive toute la semaine, ce qui n'empêcha pas Paule de soliloquer.

– Ernest, pourquoi pleures-tu ? demanda Mme Duplessis.

Vincent, qui se trouvait la place devant son camarade, se retourna et expliqua qu'il avait les mains pleines d'encre.

– Ce n'est pas grave, Ernest, va de laver les mains.

Le petit garçon sortit en pleurant à chaudes larmes.

– Il est quand même bizarre, fit Bruno.

– Pourquoi dis-tu cela ? questionna la maîtresse.

Bruno rougit.

– Bruno, dis-moi.

– Il est tout le temps tout seul et toujours triste, expliqua Sophie.

– Peut-être pourriez-vous jouer avec lui ?

– C'est pas facile, on dirait que rien ne l'intéresse.

– Ouais, ben c'est quand même le seul qui supporte d'écouter Paule en continu !

La classe s'esclaffa, y compris Paule qui donna un coup de coude à son cousin. Ernest arriva à ce moment-là.

– C'est bien Ernest, va t'asseoir.

– Madame, Ernest pleure toujours.

Mme Duplessis se leva et se dirigea vers l'enfant.

– Que se passe-t-il, mon petit ? lui chuchota-t-elle.

Elle dut attendre la fin des sanglots.

– Mais non, Ernest, ils ne se moquaient pas de toi.

– Ah ben, non, intervint Vincent, on se moquait de Paule parce qu'elle parle tout le temps et Nicolas venait de dire que tu étais le seul à la supporter !

Ernest regarda tour à tour Vincent et la maîtresse.

– Oui, c'est vrai, Ernest. Nous te disons la vérité.

Il fixa alors Paule toute souriante. Il entra dans un moment d'hébétude. Ils se moquaient de leur amie et cela la faisait rire ? Non, vraiment, il ne comprenait pas. Il prit un nouveau stylo et quelques minutes plus tard, il avait de nouveau les mains sales. Les larmes lui vinrent rapidement.

– Ernest, arrête de te mettre dans tous tes états, ce n'est pas grave, pas grave du tout.

La cloche interrompit la maîtresse. Les enfants se précipitèrent à la cantine tandis qu'Ernest prenait le chemin de la maison. L'après-midi se déroula sans anicroche si ce n'est que Mme Duplessis fut très attentive aux réactions d'Ernest. À la fin de la journée, elle alla vérifier le dossier du garçon pour comprendre.

– Maman décédée. Voilà pourquoi.

– Eh ben, Chantal, tu parles toute seule ?

– Oh, Philippe ! Non, je regardais le dossier du petit Ernest Villorin.

– Quelque chose t'intrigue ?

Mme Duplessis narra ses inquiétudes à Monsieur Gilles, le directeur.

– Nous allons être plus vigilants et si besoin je parlerai au papa. Mets la petite Maréchale de Saint-Jean à côté du gamin, on ne sait jamais.

Le lendemain, Paule changea de place.

– Comme ça, tu ne feras plus la course avec Nicolas et tu écriras mieux.

– Pauvre Ernest, s'amusa Vincent.

Paule lui tira la langue et s'assit tout sourire aux lèvres. Monsieur Gilles avait visé juste. Depuis ce jour, Ernest ne pleura plus. Il n'eut plus les mains sales, Paule lui prêtant ses stylos. Il fut inclus dans le groupe classe au moment des récrés, sans pour autant participer aux discussions ni aux jeux, mais il faisait partie du groupe. Il fut l'objet de railleries de la part de Julien, le frère aîné de Paule qui chantait dans la cour « oh, les amoureux ». Paule haussait les épaules tandis qu'Ernest rougissait.

– C'est à cause de moi s'il se moque, lui dit-il un jour.

– Non, c'est parce qu'il est jaloux parce que moi j'ai un ami et pas lui. Et pis, il est bête de toute façon.

La messe était dite. Antoinette subit de plein fouet les moqueries de Julien, qui, à la maison, énervaient Paule au point de créer les batailles qui emplissaient la maison. Elle eut beau punir, rien ne faisait taire Julien et rien n'empêchait Paule de se battre.

– Alors, petite, qu'as-tu appris à l'école ? lui demanda la fidèle cliente de l'épicerie.

Paule énuméra alors les nouvelles lettres apprises.

– Oh, ça n'a pas eu l'air de te plaire.

– Si, mais c'est mon frère, il m'énerve !

– Allons, bon. Et pourquoi donc ?

Paule raconta qu'elle avait un ami et que son frère n'arrêtait pas de dire que c'était son amoureux.

– Et ça ne te plaît pas ?

– Ben, non. C'est mon ami.

– Un amoureux, c'est bien aussi.

– Ah ben non, un ami c'est plus mieux.

La cliente sourit à la petite fille.

– Paule, arrête d'embêter Mme Sanson.

– Mais elle ne m'embête jamais ! Elle est bien trop adorable pour cela.

– Adorable, adorable, vous la connaissez peu, s'amusa son père.

– Je suis sûre que sa grand-mère en raffole.

– Ah lala, oui.

– Donc elle est adorable.

– Moui, quand elle ne se dispute pas avec son frère.

– Mais c'est lui qui commence !

– Tu le sais donc tu n'as pas à lui répondre.

Le visage de Paule se ferma.

– Va faire ton boudin dans ta chambre, tu vas faire fuir la clientèle.

– Attends, ma puce ! Prends tes 5 francs.

– Mme Sanson ! rouspéta Monsieur de Saint-Jean.

La petite prit timidement l'argent et monta bouder. Le mois de décembre se profilait fortement à l'horizon et avec lui le réassort habituel et le réassort des mois de fêtes. Cela voulait dire beaucoup d'heures. Antoinette s'ouvrit à sa mère de ses inquiétudes.

– Si je laisse Paule et Julien seuls, ils vont s'entre-tuer.

– Donne-moi Paule les fins de semaine.

– Je n'aurai pas le temps de te l'amener.

Sur le chemin du retour, Antoinette eut une idée, un peu culottée.

– Mais avec plaisir, Antoinette ! Bien sûr que Justin et moi, on viendra chercher la petite. Il faudrait juste qu'elle reste en étude le soir, le temps qu'on arrive. Je termine à 17 heures et Justin peut s'arranger avec son patron.

– Vous êtes sûrs ?

– Absolument !

Chacun se réjouissait de cette décision. Les de Saint-Jean parce qu'ils auraient un peu de calme en fin de semaine ; Paule parce qu'elle allait dans le Jura ; Justin et Marie Simone parce que la petite venait dans le Jura ; Suzanne parce qu'elle vieillissait et qu'elle comptait bien profiter de ses dernières années et Julien parce qu'il serait débarrassé de sa sœur. Sentiment qu'il perdit un vendredi soir de décembre. Ce soir-là, Ernest attendait son papa qui arriva avec une heure de retard. Ne voulant pas laisser le petit garçon sur le trottoir, Mme Gilles l'emmena en étude du soir où il fit ses devoirs avec Paule. À leur sortie, le père faisait les cent pas.

– Espèce d'abruti ! Tu ne pouvais pas attendre au lieu d'aller en étude ! C'est pas toi qui vas payer ! Crétin !

– Eh, mais c'est pas sa faute ! s'insurgea Paule. La maîtresse pouvait pas le laisser tout seul dans la rue, c'est dangereux.

– T'es qui toi ? demanda le père très agressif.

– Paule, je suis son amie.

Après un instant de silence, le père éclata de rire.

– Une amie ? ! Tu as une amie ? ! Non, mais n'importe quoi !

– Mais si ! Je suis son amie !

– Ah oui ? Et pourquoi ? Tu le trouves beau ?

Le père éclata d'un rire aigu.

– Mais regarde-le ! Qu'est-ce qui te plaît chez lui ? Hein ?

– Il est gentil.

– Gentil ? ! Gentil ? éructa le père, il a tué sa mère ! Et toi tu le trouves gentil ! Ma pauvre fille.

Paule ne sut quoi dire.

– Ah, là tu vois, tu commences à comprendre. C'est pas quelqu'un de bien ! Il a tué sa mère et si tu restes amie avec lui, il te tuera aussi ! Et pis, ajouta-t-il féroce, il est laid !

Paule fixa son ami qui pleurait.

– Vous n'êtes pas très gentil, murmura-t-elle.

– Je ne suis pas quoi ? Je ne suis pas quoi ? Qui es-tu pour me juger ? Hein ? Je l'ai gardé après la mort de sa mère, mais j'aurais mieux fait de le donner ! Pour ce à quoi il sert !

– Mais c'est votre fils ! ne put s'empêcher Paule.

– Mon fils, mon fils ! Tu l'as bien regardé ? Il ne me ressemble pas !

Paule prit le temps de la réflexion.

– Ben si.

– Quoi ? s'égosilla le père.

– Ben si, il vous ressemble. C'est vrai qu'il est moche, mais c'est normal, vous aussi.

La gifle partit. Tellement forte qu'elle fit vaciller Paule dont le visage heurta la carrosserie de la voiture garée à le long du trottoir. Elle se retrouva par terre, le nez en sang. M. Gilles, prévenu par un écolier qui avait assisté à la scène, arriva en courant, mais trop tard pour empêcher le père de partir avec son fils.

– Paule, ma petite Paule, est-ce que ça va ?

L'écolière pleurait et ne put prononcer un mot. M. Gilles appela Antoinette qui embarqua sa fille aux urgences.

– Vous êtes ? demanda Mme Gilles.

– Mme Bricard, je viens chercher Paule.

– Ah, oui, Mme de Saint-Jean nous a prévenus que vous viendriez chercher Paule.

Marie Simone blanchit au fur et à mesure du récit, mais au lieu de rentrer, elle prit la direction de l'épicerie et attendit le retour d'Antoinette. Rassurée sur l'état de santé de Paule, elle repartit dans le Jura et s'arrêta pour tranquilliser Suzanne. Paule resta alitée la fin de semaine, chouchoutée par tous, même par Julien, choqué par l'état du visage de sa cadette : une bosse énorme ornait le dessus de l'œil tandis que des couleurs se répandaient de la tempe à la joue. Sans compter le nez tout rouge et tout gonflé. Le lundi matin, tout le monde connaissait la mésaventure de Paule et tout le monde tourna le dos à Ernest. Il fut vilipendé, bousculé, frappé, et accepta tout sans broncher. Paule revint le mardi matin et, sous les yeux ébaubis de tous, elle s'assit à côté de son ami.

– Pourquoi tu te mets à côté de lui ? lui chuchota Isabelle.

– Parce que c'est mon ami.

– Mais il t'a frappé !

– Non, c'est son papa ! C'est pas pareil.

À la récré, chacun resta sur son quant-à-soi et observa de loin le duo.

– Tu devrais pas rester avec moi, lui dit Ernest, je vais te faire mal.

– Non, mais toi, n'importe quoi ! C'est ton papa qui m'a frappée, pas toi !

– C'est de ma faute, hurla Ernest, de ma faute !

– N'importe quoi ! cria aussi fort Paule, c'est ton papa ! Il est méchant ! Toi, tu es mon ami !

– Non, je suis pas ton ami !

Et le petit garçon partit en courant. Aucune phrase ne fut plus douloureuse à entendre. Pour la première fois, Paule pleura.

– Ce n'est rien Paule, ce n'est rien, lui dit gentiment M. Gilles appelé à la rescousse. Ernest est en colère.

– Mais, c'est pas sa faute, balbutia Paule.

– Je sais. Je vais lui parler, tu veux ?

La petite fit oui de la tête. Ernest ne revint pas en classe, il ne rentra pas chez lui, mais se réfugia dans le parc sis en face de l'école. C'est là que le trouva Monsieur Gilles, guidé par une intuition et par l'habitude. Il lui fallut toute la patience du monde pour que l'enfant accepte de l'écouter et encore plus pour le faire revenir en classe. Penaud et sur la défensive, il reprit sa place à côté de Paule.

– Tous les deux, ce soir, vous resterez après la classe, nous avons à parler.

L'après-midi se passa dans le silence le plus absolu. Les deux écoliers attendirent M. Gilles dans leur classe.

– Bon, les enfants, il faut qu'on parle. Vous ne pouvez pas rester fâchés.

Le silence plana un instant et fut rompu par Paule.

– Ernest, il a dit qu'il n'était pas mon ami.

– Et tu en penses quoi ?

La petite pleura.

– Moi, je croyais que j'étais son amie.

– Et ça te rend triste ?

– Oui.

Elle essuya maladroitement ses larmes.

– Et toi, Ernest, tu en penses quoi ?

– Que je suis pas son ami.

– Pourtant, vous vous entendiez bien.

– Vous comprenez pas, s'énerva Ernest, je peux pas être son ami !

– Pourquoi ?

– Parce que je lui fais du mal ! Je fais du mal à tout le monde !

– Ernest, je peux t'assurer que tu ne…

– Si ! Mon père me l'a dit !

– Il a dit quoi ?

– J'ai tué ma mère, hurla le petit garçon, et là, j'ai fait mal à Paule !

M. Gilles resta un instant décontenancé.

– Ernest, tu n'as pas fait mal à Paule.

– Si !

– Non, c'est ton papa qui était en colère.

– C'est pareil.

– Non, ce n'est pas pareil.

– Si ! C'est de ma faute !

– Mais n'importe quoi, intervint Paule.

– Si ! Si j'étais pas moche, ça serait pas arrivé !

– Mais n'importe quoi ! cria la petite, c'est pas ta faute si ton père est moche !

– Si !

– N'importe quoi !

M. Gilles commençait à être un peu dépassé et vit avec soulagement l'arrivée de sa femme.

– Tout va bien ?

– Mais c'est Ernest ! Il dit n'importe quoi !

– Et que dit-il ?

– Que c'est de sa faute si son père est moche !

Mme Gilles prit un temps et fit répéter aux enfants les raisons de leur colère.

– Hein, c'est vrai que son père est moche ? interrogea Paule.

Les Gilles furent très embêtés.

– Tu sais la beauté est subjective…

– Non, mais il est moche, il est moche, c'est pas grave, mais c'est pas la faute d'Ernest.

– Mon père, il dit que je suis pas son fils, murmura Ernest.

– Ah ben, si ! T'es moche comme lui.

Les Gilles restèrent bouche bée.

– Ben oui. Hein, c'est vrai Monsieur Gilles ?

– Je, hum, je, ma foi oui.

Doucement un sourire apparut sur le visage d'Ernest.

– C'est vrai, je suis moche comme lui ? questionna-t-il plein d'espoir.

– Eh bien oui, lâcha M. Gilles.

– Ah ! Tu vois ! T'es moche parce qu'il est moche.

– Oui, mais j'ai tué ma maman.

– N'importe quoi ! Les bébés, ça tue pas les grandes personnes.

– Mais il le dit !

– Oui, ben il dit aussi que tu es moche et pas lui et c'est pas vrai, alors ça se trouve c'est pas vrai. Hein, M. Gilles ?

– Il est possible que ta maman soit morte de maladie et ton papa dit que c'est de ta faute parce qu'il est triste. Il ne le pense pas, tu sais.

– Ah voilà !

Ernest devint pensif.

– Comment je pourrais savoir ?

– Tu as déjà demandé à ta famille ? demanda Mme Gilles.

– Ils ne me parlent pas et disent comme papa.

– Un docteur ! fit soudain Paule.

– Quoi ?

– Il faudrait demander à un docteur. À l'hôpital, le docteur, il m'a tout expliqué sur ma bosse et pourquoi ça faisait mal.

– Très bonne idée, Paule ! s'exclama M. Gilles. Je vais vous trouver un docteur pour vous expliquer. En attendant, êtes-vous amis ?

– Oui ! crièrent en chœur les deux écoliers.

Ils quittèrent la salle bras dessus bras dessous.

– Eh bien, on ne pourra pas dire qu'on n'a pas des journées chargées, soupira Mme Gilles.

Paule raconta à la maison sa discussion avec Monsieur Gilles obligeant ses parents à appeler le directeur afin de recueillir la bonne version. Non que Paule eût l'habitude de mentir, mais bon les paroles d'une enfant de six ans restent les paroles d'une enfant de six ans. Suzanne écouta avec attention le récit de sa puce quand elle vint la fin de semaine.

– Antoinette ?

– Oui, maman ?

– Tu devrais dire à ce petit Ernest de venir avec Paule avant les fêtes. Ça lui ferait du bien.

– Je doute que son père accepte.

– Rappelle-lui ce qu'il a fait.

Pierre et Antoinette prirent le temps de la réflexion et se dirent que finalement l'idée n'était peut-être pas mauvaise. Ce fut Pierre qui se chargea de faire la proposition au père d'Ernest. Son premier élan fut de refuser, mais Pierre sut lui rappeler qu'il n'était pas en position de discuter. Ce décembre 1976 changea la vie du petit garçon.

– Bonjour, Ernest, je suis la grand-mère de Paule et je te souhaite la bienvenue dans ma maison.

Intimidé, Ernest ne sut que répondre et balbutia un merci ou ce qui ressemblait à un merci. Durant cette fin de semaine, il découvrit l'univers de Paule et ce qu'était une famille. D'abord sur la défensive et le qui-vive, ce fut lors du troisième week-end dans le Jura qu'il se sentit enfin à l'aise. Suzanne apprécia le petit bonhomme qui suivait Paule comme son ombre ; Justin aima ce regard triste ; Marie Simone et Maryvonne lui confectionnèrent des vêtements « dignes du Jura », comprendre des chemises à carreaux et des pantalons côtelés. Où avaient-elles trouvé que cela faisait « Jura », nul ne le sut, mais les vêtements de Firmin et Justin eurent une deuxième vie. Ernest se laissa porter par Paule et petit à petit se découvrit. Il se découvrit encore plus quand le papa de Florence, appelé par Monsieur Gilles parce que médecin, lui expliqua qu'il ne pouvait avoir tué sa maman. Ce soir-là, dans la salle de classe, les deux enfants, encadrés par Madame Duplessis qui avait tenu à être présente, entrèrent dans le monde de l'infiniment petit, observèrent les schémas au tableau représentant le corps humain, apprirent les noms des organes, leurs liens, à quoi ils servaient et comment on faisait les bébés. Ils ne se souvinrent que d'une chose : Ernest n'avait pas tué sa maman. Ils ne retinrent pas tous les noms, mais comprirent qu'il existait plusieurs causes possibles inhérentes à la mère seule. Ce pouvait être du sang perdu en trop grande quantité, un cœur trop fragile, une bulle d'air là où il ne fallait pas. Il fallut du temps, presque une semaine, au petit garçon pour bien saisir la teneur des propos du médecin. Une fois l'information digérée et analysée, ce fut une révélation. Ses six années de culpabilité s'envolèrent. La chape de plomb qui enserrait son cœur se brisa. Suffisamment pour qu'il s'autorise, enfin, à aimer sa maman. Pour qu'il ose à Noël demander une photo de sa maman pour la poser sur sa table de nuit. Pour qu'il subisse sans broncher la gifle magistrale qui suivit la demande. Peu lui importait désormais. Il n'avait pas tué sa maman. Il était un petit garçon de six ans, comme les autres, pouvant être aimé et ayant le droit d'aimer. Lorsque Suzanne proposa de le prendre après Noël, il fit lui-même son sac, le posa dans le couloir et attendit la réaction paternelle. Ce dernier lui fit comprendre qu'il n'était pas question qu'il parte dans le Jura, mais Pierre, se doutant de la réponse paternelle, ne lui laissa pas le choix. Il sous-entendit même qu'il était bien possible qu'Ernest passe, à l'avenir, une partie de ses vacances dans le Jura.

– Ça vous fera du repos, il n'est pas facile d'élever un enfant seul.

Pierre ne croyait pas un mot des paroles qu'il venait de prononcer, mais il savait qu'elles porteraient leurs fruits. Ernest, grâce à son amitié avec Paule et à la vérité révélée, supporta les brimades et l'indifférence qui étaient son lot quotidien. Il accepta sans broncher le remariage de son père, la naissance de ses frères et sa mise à l'écart systématique. Il est difficile d'aimer un enfant qui n'est pas le sien, entendait-il souvent dire. Il se demandait bien dans quelle mesure cela était vrai en voyant combien les de Saint-Jean prenaient soin de lui. À Noël, il recevait des cadeaux comme tous les autres enfants ; il partageait les jeux de Paule, gambadait dans la forêt en compagnie des de Saint-Jean, de Justin, Marie Simone ; Firmin lui offrit un lapin. Il était aimé et pourtant il n'était ni un Maréchale ni un de Saint-Jean. Il cessa d'y penser et profita de la vie.

– Ernest, apporte le pain, veux-tu ?

De la cuisine, il entendit l'ordre derrière la demande polie. Maître Grand, le père de sa belle-mère, recevait des personnes importantes en ce dimanche de mai. Un général et un capitaine. Noble famille de ce qu'il avait entendu. Maître Grand était notaire et sa fille le secondait avant de reprendre l'étude. Elle avait épousé Monsieur Villorin deux ans plus tôt et mis au monde le premier vrai petit-fils du notaire. Il avait donc organisé une réception à laquelle il avait convié plusieurs familles de haut lignage dont il gérait le patrimoine. Tous ne vinrent pas. Les de Plessis du Charme, si. La famille, née en Normandie, avait des biens et surtout des parcelles de vignoble à Meursault, Nuits-Saint-Georges et Savigny-lès-Beaune. Ils en possédaient également en Charente, région du cognac et Maître Grand, que les années d'après-guerre avaient mis sur leur chemin, était devenu leur intermédiaire pour toute vente ou achat. Un respect mutuel était né et la bienséance obligeait les de Plessis du Charme à venir admirer le nouveau-né.

– Merci, jeune homme, dit le général à l'enfant venu le servir.

– À votre service, mon général, répondit l'enfant.

Interloqué, le soldat se tourna vers son jeune serviteur dont le visage s'éclaira d'un immense sourire.

– Nous nous connaissons ? demanda intrigué le général.

Il constata que sa question fit disparaître le sourire de l'enfant.

– Pardonne-moi, bonhomme, si je ne te reconnais pas, car visiblement, nous nous connaissons.

– Laissez, général, Ernest fait toujours tout pour se rendre intéressant, intervint le père de l'enfant. J'ai beau lui expliquer, il n'en fait qu'à sa tête. Retourne dans la cuisine.

Le capitaine, fils du général, se demanda bien pourquoi le garçon allait dans la cuisine, son père étant à la table des adultes, il aurait dû se trouver à la table des enfants. Comprenant, l'interrogation muette du capitaine, Maître Grand offrit la réponse.

– Ernest est particulièrement serviable et s'est proposé de faire le service.

Réponse qui ne convainquit pas le capitaine, mais il s'abstint de tout commentaire. Le repas se poursuivit et le petit garçon continua de faire le service.

– Bon sang ! cria soudain le général, je me rappelle ! Le Jura ! C'est bien ça, gamin ? C'est dans le Jura que je t'ai rencontré ?

Le large sourire du garçon lui confirma son hypothèse.

– Saperlipopette ! J'ai bien failli oublier !

Il se leva.

– Monsieur Ernest, veuillez accepter mes plates excuses pour ne pas vous avoir reconnu.

Il salua l'enfant qui ne savait plus où se mettre. Voyant l'étonnement de l'assistance, le général raconta.

– Nous étions allés dans le Jura rendre visite à une amie, la Générale de Montoire. Son mari et moi avons fait nos classes ensemble et chacun de notre côté, lui sur mer et moi sur terre, nous avons travaillé à la Libération du pays. Nous avions gardé de bons contacts, donc avec mon épouse, nous avions décidé de lui rendre visite, son mari l'ayant laissée veuve. Et c'est là que nous avons rencontré ce petit bonhomme. Tu sais pourquoi je ne t'avais pas reconnu. Parce que tu es sans ton amie !

Ernest sourit de plus belle.

– Non, mais ces deux-là, fallait les voir ensemble ! Tu vois toujours ton amie ?

– Oui, mon général.

– Mais tu as quel âge maintenant ?

– Dix ans.

– Dix ans ? Mince ! Le temps a passé. Tu avais quoi six ans ?

– Sept.

Le général fixait avec affection le petit garçon. Personne ne demanda au général ce qu'il avait fait dans le Jura. Pourtant, ils auraient appris qu'il avait passé quinze jours fabuleux. Ils n'étaient, sa femme et lui, venus que pour deux jours, mais conquis par le duo, ils avaient prolongé leur séjour. Il faut dire que la rencontre fut plus que rocambolesque.

– Mais arrête ! Le chien arrête ! C'est dégoûtant.

À la sortie de la messe, tandis que les adultes discutaient, Ernest et Paule attendaient tranquillement en admirant le chien le plus grand qu'ils aient jamais vu. Il arrivait juste au niveau du visage de Paule qui était pourtant grande pour son âge. Sentant le regard des deux enfants, le chien s'était approché et à la grande surprise de tous s'était mis à lécher avec ferveur le visage de Paule, qui tentait vainement de faire comprendre au chien que c'était dégoûtant. C'est un Ernest hilare qui tenta d'expliquer à Suzanne que Paule n'y était pour rien et que c'était le chien qui avait agi le premier.

– Saperlipopette ! tonna une voix masculine derrière Suzanne, Tobias, laisse la petite tranquille ! Je vous prie d'excuser mon chien, Madame, il n'agit jamais ainsi, c'est bien la première fois.

Tobias n'avait cure des ordres de son maître, il s'en était trouvé un autre. Il cessa, cependant, de lécher Paule pour se caler contre elle en attente de caresses.

– Pardonnez à ce rustre, jeune damoiselle.

Paule s'essuyait le visage à l'aide d'un grand mouchoir à carreaux.

– Non, mais ça va, c'est juste que ça colle un peu. Et pis comme ça, je suis lavée !

L'espièglerie de son amie déclencha un immense fou rire chez Ernest.

– Eh ben, toi au moins, tu vois le bon côté des choses !

– C'est grand-mère qui me dit toujours que dans le malheur naît un bonheur, mais qu'il faut savoir le voir.

L'homme leva alors les yeux sur Suzanne. Malgré les années, ils se reconnurent. Gauchement, il la salua.

– Allez, viens, Tobias, la Générale nous attend.

– Au revoir Tobias, lui dit Paule, sois sage.

Mais le chien ne bougea pas.

– Tobias, dit le maître avec un ton plus ferme.

– Il est comme Paule, il n'écoute rien, s'amusa Ernest s'essuyant les yeux.

– C'est pas vrai, fit Paule une moue amusée sur le coin des lèvres. Hein, grand-mère, que j'écoute ?

– Oui, tu écoutes, mais des fois…

La petite leva le menton et fit un bisou à sa grand-mère. Les Maréchale prirent le chemin de la maison suivis par Tobias.

– Mais enfin ! s'agaça le colonel.

– Laissez, il peut nous suivre, nous allons dans la même direction.

Et c'est ainsi que le général de Plessis du Charme suivit Suzanne et les deux fripouilles, comme il se plut à les appeler plus tard. Durant ces quinze jours, il les initia à sa passion : l'ornithologie. Passion qui déclencha le talent de dessinateur d'Ernest. Voulant remercier Suzanne, il lui dessina une mésange et en fit une aussi pour le général. Ce fut la Générale de Montoire qui servit d'intermédiaire et envoya le dessin aux de Plessis du Charme accompagné du mot suivant : « C'est un dessin qu'Ernest a fait pour vous. J'ai essayé d'en faire un, mais Firmin a dit qu'il ressemblait plutôt au cochon Rosette, alors je l'ai pas mis. Nous espérons que vous allez bien, nous ça va. À bientôt, Paule Maréchale de Saint-Jean et Ernest Villorin, son ami. PS Faites un bisou à Tobias pour nous ». Le dessin était toujours encadré dans le bureau. Ce furent ces souvenirs qui firent prononcer au général, alors qu'il quittait la réception, à Maître Grand :

– On ne peut aimer des enfants qui ne sont pas de notre sang comme ceux qui sont de notre sang, mais je serais chagriné d'apprendre qu'Ernest n'est pas heureux. C'est un bon petit gars avec un immense talent de dessinateur.

La menace était claire, le message était passé. Lorsque Ernest demanda à être interne au collège alors que son père habitait en ville, cela lui fut accordé. Non sans que le directeur du collège n'ait auparavant sollicité Monsieur Gilles pour lui demander son avis et surtout pour avoir une explication du petit mot ajouté au dossier scolaire « À mettre dans la même classe que Paule Maréchale de Saint-Jean ». Quand il demanda à aller dans le Jura pour Noël, cela lui fut accordé. Quand il envisagea un apprentissage pour devenir chapelier-formier-modiste, cela lui fut accordé. Quand son maître d'apprentissage à Dijon suggéra Paris, cela fut accepté. Ernest partit laissant Paule passer son Baccalauréat ES. Il la retrouva à Paris après une année en faculté à Dijon. Les de Plessis du Charme, ayant appris par la Générale que le professeur d'économie de la faculté encourageait Paule à venir étudier à Paris, offrirent de la prendre comme dame de compagnie de la douairière de leur famille, Aliénor de Montmorency de Plessis du Charme. Paule passa ses années d'étude jusqu'au Master spé finance chez la vieille dame qu'elle accompagnait dans son quotidien. Tout en dépannant Ernest quand une des vendeuses était malade. Tout en rencontrant Bastien Jacquemart et en l'épousant dans sa dernière année du fait de la naissance de leur fille Noémie.

Quarante années avaient passé depuis cette rentrée 1976, quarante années de joies, de pleurs et quarante années d'amitié indéfectible.

2016

Quarante ans plus tard. Février.

Ernest regardait le plafond du salon. Allongé sur le canapé, en face de celui de Paule, il écoutait la respiration de son amie. Elle avait fini par s'endormir d'épuisement. Ernest suivait avec attention les gémissements qui parfois ponctuaient le sommeil de Paule. Il aurait dû rentrer plus tôt. Il le savait. Mais Paule avait toujours été tellement forte qu'il s'était leurré en pensant qu'elle avait passé le cap, qu'elle avait accepté de vivre avec la douleur. Au contraire, elle l'avait refoulée, profondément, et n'ayant plus de place, cette dernière se mettait à déborder et envahir la vie de son amie. Ernest avait franchi ce passage. Mais pas seul. La chapellerie l'amenait à croiser des vies et parmi celles-ci, il avait rencontré Béatrice Vallin, psychiatre. Elle cherchait un chapeau pour un mariage et fine observatrice avait remarqué que le maître des lieux était fortement préoccupé. On était le lendemain de ce Noël catastrophique. Personne n'avait vu venir Cécile, la femme de Xavier, jalouse patentée de Paule qu'elle considérait comme richissime et égoïste. Au moment où personne ne s'y attendait, elle avait lâché un « non, mais c'est bon, elle est morte il y a huit ans, on peut peut-être passer à autre chose ». Il ne se rappelait plus le contexte, mais il se rappelait cette phrase. Il avait vu Paule se décomposer puis quitter la table et ne jamais revenir. Il avait vu Antoinette blêmir et Pierre vieillir de vingt ans.

Comment avaient-ils pu finir le repas ? Ça aussi, c'était un mystère. Les convenances sans doute. Il avait repris son travail avec le visage de Paule en mémoire et Béatrice Vallin, en repartant avec une voilette qui lui allait à la perfection, avait laissé sa carte professionnelle. Deux mois plus tard, il faisait appel à elle. À sa question « comment puis-je aider Paule ? », Béatrice lui avait demandé de se raconter. Alors il s'était raconté. Il avait raconté Noémie, Paule, Monsieur Gilles, les de Saint-Jean, Suzanne. Tout. Au fil des séances, chacun de ces personnages envahissait le bureau de Béatrice lui laissant une image magnifique de l'être humain. Doucement, elle l'amena par cette thérapie à entrer dans la phase d'acceptation. Ernest avait appris bien des choses lors de ces entretiens, sur lui-même, sur sa relation avec Paule et surtout il avait accepté l'absence de Noémie. C'est à la suite de cette thérapie qu'il prit la décision de revenir au pays. Il mit deux ans à préparer son retour. Deux ans pour organiser son emploi du temps entre Paris et la Bourgogne, pour prévenir ses fournisseurs et ses clients, pour établir un plan de financement. Il ne demanda pas à Paule de l'aider pour ce dernier afin de lui faire la surprise. Une fois le possible écrit, il suffisait de le réaliser. Lorsqu'il retrouva Paule, il était en quête d'un local. Il ne lui manquait que cela, juste un local.

– Reste couchée, lui ordonna Ernest. Ta banque peut se passer de toi ce matin.

Elle esquissa un sourire.

– J'ai un rendez-vous avec le grand patron.

– Eh bien, tu l'appelles et tu lui dis que tu ne peux pas.

– Ernest, je ne peux pas perdre mon emploi.

Il soupira.

– Je t'accompagne.

– Ah, Madame Jacquemart, merci d'être venue. Je n'irai pas par quatre chemins. Nous savons les compétences qui sont les vôtres et elles ne sont en aucune façon remises en cause, bien au contraire. Nous avons plus que jamais besoin de vous. Notre analyste de crédit nous quittera le mois prochain du fait de son mariage et de son changement de région. Dans le même temps, notre agence de Saint-Jean-de-Losne vient de nous faire savoir que sa conseillère avait démissionné pour changer totalement d'activité. Nous nous trouvons donc face à deux problèmes à résoudre en même temps. Or, il se trouve que nous avons la chance de vous avoir puisque vous êtes compétente dans les deux domaines. Nous vous proposons donc de prendre le poste de conseiller financier temporairement à Saint-Jean-de-Losne et de devenir notre nouvelle analyste de crédit. Pour vous éviter de vous couper en deux, nous nous sommes dit que vous pourriez tout faire à Saint-Jean-de-Losne. Bien évidemment, vous aurez double rémunération jusqu'à ce que nous trouvions un conseiller financier. Qu'en pensez-vous ?

Voyant que Paule ne répondait pas, le grand patron reprit.

– Vous comprenez, je vous vois depuis deux ans vous épuiser à la tâche. La relation avec la clientèle est quelque chose de formidable, j'en ai parfaitement conscience, mais vous êtes épuisée et cela se voit. À Saint-Jean-de-Losne, la clientèle est moins nombreuse et moins exigeante que celle à laquelle nous sommes confrontés tous les jours. Sans compter que l'analyse de crédit vous permettra de gérer votre temps comme vous l'entendez, l'essentiel étant que les dossiers soient clos en temps et en heure. Rien ne vous empêchera, d'ailleurs, de travailler l'analyse de crédit à la maison et de n'aller à Saint-Jean-de-Losne que lorsque vous aurez un rendez-vous avec un client. Nous sommes tous les deux gagnants.

– Quand voulez-vous que je commence à Saint-Jean-de-Losne ?

Le directeur de l'établissement avait tout envisagé : les pleurs, les cris, l'hystérie, l'enthousiasme voire le refus. Tout sauf l'acceptation immédiate. La voix était atone, mais ferme ; la question était simple et logique, mais fortement déconcertante.

– Donc vous êtes d'accord ?

– Vous m'offrez une promotion, il me semble que je serais stupide de la refuser.

– Certes.

Le directeur était totalement décontenancé. Il avait été alerté par les remarques des collègues de Paule sur son aspect général, son manque d'enthousiasme. Il avait supposé une dépression et une mise au vert lui semblait la meilleure transition avant le licenciement qui se profilait si Paule ne changeait pas. Même s'il espérait secrètement une démission ou une demande de congé sans solde. Mais non, elle acceptait.

– Alors ? demanda Ernest.

– Je suis mutée à Saint-Jean-de-Losne en remplacement d'une conseillère financière qui a démissionné et en tant qu'analyste de crédit.

– C'est bien ou ce n'est pas bien ?

– Aucune idée. Je vais à Saint-Jean-de-Losne.

Une bonne nouvelle n'arrivant jamais seule, elle reçut le lendemain les documents du divorce. Vendre la maison devenait donc inévitable. Mais vendre la maison voulait également dire ranger les affaires de Noémie. Bastien accepta que la mise en vente se fasse après que Paule eut débarrassé certaines affaires de la maison « Je ne veux pas que des étrangers entrent dans sa chambre ». Il se retint de lui crier que leur fille était morte, mais, l'attitude de Paule lui échappant totalement, il laissa tomber. Les deux mois que Paule consacra à emballer les affaires de sa fille furent les plus douloureux de son existence. Elle perdit pied un matin d'avril juste avant d'arriver à Brazay en Plaine.

Mardi.

– Je peux plus Ernest, je peux plus, pleurait-elle au téléphone. Je n'y arrive plus.

Le pauvre Ernest était décomposé. Il avait demandé qu'on lui passe tous les appels de son amie, peu importe ce qu'il faisait, mais ne s'attendait pas à ce qu'elle s'effondre alors qu'il était à Paris. À des kilomètres d'elle. Il se mit à paniquer quand il entendit sa voix désespérée. Ce fut Sara, sa vendeuse, voyant ses tremblements, prit sur elle de composer le numéro du docteur Vallin. Cette dernière, en consultation, appela vingt minutes plus tard. Sara lui expliqua alors la situation dans laquelle se trouvait Monsieur Villorin et a priori la situation dans laquelle devait se trouver Paule. Elle raconta que cette dernière « semblait terrorisée ou quelque chose d'approchant et que Monsieur Ernest était totalement paniqué à l'idée de ne pas pouvoir l'aider ». Le mot « terrorisé » intrigua Béatrice. À l'aide de quelques questions, elle tenta de cerner plus précisément l'état dans lequel devait se trouver la jeune femme. Elle demanda alors à Sara de demander à Ernest les mots prononcés par Paule.

– Elle dit qu'elle n'en peut plus et qu'elle n'y arrive plus.

– Bien. Monsieur Ernest a-t-il des amis qui peuvent aller la chercher ?

– Il fait signe que non. Attendez ! Si ! Il a des amis.

– De bons amis ?

– Oui.

– Donnez-moi leur numéro et dites à Monsieur Villorin de continuer de parler à son amie. De tout, de rien, mais qu'il l'écoute et l'oblige à parler jusqu'à ce que ses amis arrivent.

– Colonel de Montoire ?

– Lui-même. À qui ai-je l'honneur ?

– Docteur Béatrice Vallin. Je suis psychiatre à Paris, j'ai besoin de votre aide pour Paule.

Elle eut été bien en peine de se rappeler le nom de jeune fille de Paule, mais constata avec soulagement que le prénom était amplement suffisant.

– Paule ? La petite a des ennuis ?

– Elle est dans sa voiture sur la route de Bardet.

– Bardet ?

– J'avoue ne pas avoir saisi le nom. Elle est sur la route qui l'amène à son travail.

– Son travail à Saint-Jean-de-Losne ?

– Oui

– Bien. Qu'attendez-vous de moi ?

Béatrice reconnut le ton militaire et ne put s'empêcher de sourire.

– Que vous alliez la chercher et la rameniez dans un endroit où elle sera en sécurité.

– En sécurité ? Est-elle en danger ?

– Paule a besoin d'être entourée et de se retrouver dans un endroit sûr, rassurant.

– Attendez un instant. Geneviève ! appela Matthieu de Montoire, un endroit sûr pour Paule ?

Il répéta brièvement les propos de la psychiatre.

– La maison de Suzanne.

– Mais bien sûr, quel crétin ! La maison de sa grand-mère, en face de chez nous, précisa-t-il pour Béatrice.

– Bien. Peut-elle s'y installer ?

– Il suffit de remettre l'électricité et d'allumer un bon feu.

– Pouvez-vous vous en occuper ?

– Ma femme et moi allons chercher Paule, Justin et Marie Simone viendront préparer la maison.

– Demande-lui ce qu'on ne doit pas dire ?

– Ma femme…

– J'ai entendu. Rien. Prenez-la avec vous, installez-la dans un endroit chaud, préparez-lui à manger même si je doute qu'elle mange et rappelez-moi quand elle se sera calmée. Vous me donnerez également l'adresse de la pharmacie la plus proche afin que je puisse envoyer une ordonnance pour des anxiolytiques.

– Très bien Madame. Dès que Justin et sa femme auront préparé la maison, je les enverrai à la pharmacie de Pierre de Bresse, comme ça Paule aura tout.

– Parfait, j'attends votre appel.

Geneviève nota le numéro de téléphone de la psychiatre tandis que son mari appelait Justin. Ils montèrent ensuite en voiture et scrutèrent les bords de route jusqu'à enfin apercevoir la voiture de Paule. Le colonel fit un demi-tour savant lui offrant le grand plaisir d'être klaxonné par la voiture qui le suivait.

– Ta gueule, connard, j'ai une urgence !

Malgré la situation quelque peu dramatique, Geneviève sursauta en entendant son mari jurer, lui, le calme incarné.

– Et qu'est-ce qu'on fait maintenant ?

– On appelle Ernest pour dire qu'on est là.

– Ça sonne occupé.

– Merde, logique, il est avec Paule. Comment fait-on ?

– Le magasin ! J'appelle le magasin !

– Tu as le numéro ? questionna le colonel dubitatif.

– Évidemment !

Le « évidemment » amusa Matthieu. Il semblait parfaitement logique à sa femme d'avoir le numéro d'une chapellerie à Paris alors qu'elle habitait Neublans !

Vendredi.

– Madame Jacquemart ?

– Oui ? répondit une voix hésitante.

– Je suis Béatrice Vallin. Monsieur Villorin a dû vous parler de moi.

– Oui, il m'a prévenue de votre appel.

– Comment vous sentez-vous ?

Il y eut un silence.

– Je ne sais pas ce que je dois dire.

– Dites-moi simplement comment vous vous sentez.

– Je ne sais pas. Vide, je pense. Je me sens vide. Et fatiguée.

Nouveau silence.

– Ernest voudrait que je vous consulte, mais j'avoue ne pas savoir en quoi vous allez pouvoir m'aider. Je n'ai pas besoin d'aide, en fait.

Nouveau silence.

– Je suis juste une mère qui doit payer le prix de ce qu'elle a fait.

– Et qu'avez-vous fait ?

– J'ai tué ma fille.

Une vague submergea Paule entraînant tout au passage : paroles, mots, volonté. Béatrice Vallin n'entendit plus que des sanglots violents, forts, hystériques et le bip d'une conversation coupée. La professionnelle qu'elle était éprouva malgré toute une inquiétude légitime. Le Jura était-il une bonne idée ? Cette maison n'était-elle pas trop chargée de souvenirs ?

– Docteur Morgenstern ?

– Lui-même.

– Je ne vous dérange pas ?

– Pas du tout, je suis entre deux patients.

– Béatrice Vallin, vous vous êtes occupé d'une patiente, Madame Jacquemart.

– Oui, parfaitement. Que puis-je pour vous ?

Béatrice raconta en substance sa courte conversation avec Paule.

– Sauf changement, mon dernier patient est à 19 h 30. Je passerai chez Madame Jacquemart après si vous le désirez.

– Si cela ne vous ennuie pas, oui, j'apprécierai.

– Très bien. Madame Jacquemart étant au plus mal la dernière fois que je suis passé, la suivre me semble être un minimum.

– Il est possible qu'elle ne vous réponde pas. Si tel était le cas, mon interlocuteur est le colonel de Montoire, sa demeure est en face de celle de Madame Jacquemart.

– Bien, j'irai le voir, je vais bien trouver son nom sur la boîte aux lettres.

– Merci beaucoup.

– Je vous laisse un message dès que j'aurais vu Madame Jacquemart.

– Vous pourrez m'appeler, je suis une couche-tard.

– Parfait. À tout à l'heure.

Le soir, le docteur Morgenstern s'arrêta chez Paule.

– Ouh la, tout doux le chien, dit-il le plus calmement possible quand il entendit Titine gronder derrière la porte. Aimant peu les canidés, il se ravisa et se mit en quête de la maison du colonel.

– Pardonnez-moi, Monsieur, seriez-vous le colonel de Montoire ?

– Un problème avec Paule ?

– Je ?

– Vous êtes le médecin qui est venu pour elle, mardi ?

– Oui, parfaitement. Non, n'ayez pas d'inquiétude. C'est son médecin de Paris qui m'a demandé de passer, car il semble qu'elle ait eu des difficultés aujourd'hui.

– Et vous avez besoin de moi ?

– C'est que… Comment dire… Il y a un gros chien.

Le visage du colonel s'illumina.

– Titine, oui. Un molosse, hein ?

– Oui, mais voilà...

Ne le laissant pas terminer, le colonel descendit les quelques marches et accompagna le médecin jusque chez Paule.

– Doucement Titine, fit le colonel en entrant, le monsieur est un médecin et il vient voir Paule.

Le saint-bernard des voisins se recula en grondant. Il n'était pas question qu'on fasse du mal à sa Paule. Et, lui là, elle ne le connaissait pas.

– C'est un sacré morceau, fit le médecin peu rassuré.

– Pas d'affolement, elle gronde, mais elle ne mord pas. Enfin normalement, ajouta le colonel amusé.

– C'est rassurant.

Prudemment, le médecin s'approcha de Paule, allongée sur le canapé.

– Madame Jacquemart ?

Paule ne bougea pas. Le médecin prit alors son pouls, sortit son stéthoscope et écouta tant bien que mal la respiration de la malade.

– Un souci ?

– Le pouls est normal, tout semble indiquer une très grande fatigue.

Il se retourna et fouilla la pièce du regard.

– Vous cherchez quelque chose en particulier ?

– Oui, le tube de Bromazépam que le docteur Vallin a prescrit.

Les deux hommes scrutèrent la pièce en vain. Le médecin commença à fureter quand il entendit les grondements de Titine.

– Titine, arrête, on essaie d'aider Paule. Vous avez vraiment besoin de ce tube ?

– Oui, je voudrais m'assurer qu'elle suit bien l'ordonnance du docteur Vallin.

Les deux hommes firent les étagères, les tables, la cuisine quand le colonel eut soudain l'idée de regarder sous le canapé.

– J'ai ! cria-t-il.

Ils soulevèrent délicatement le canapé sur lequel Paule était allongée et attrapèrent le tube. Le médecin l'ouvrit et commença à compter les comprimés.

– Voyons, quand est-elle arrivée ?

– Mardi.

– Bon, nous sommes vendredi, il devrait manquer trois fois un quart de comprimés. Ce qui ne semble pas être le cas. Savez-vous si elle en a pris depuis mardi ?

– Je n'en ai absolument aucune idée.

– Mouais, de toute façon, elle n'a pas suivi l'ordonnance.

– C'est grave ?

– Ça retarde le processus de guérison. Mais ce n'est pas grave en soi si elle en prend à chaque fois qu'elle a une crise. Il n'y a pas, il faut que je la réveille.

Paule sortit de son état comateux après de longues minutes.

– Madame Jacquemart, je suis le docteur Morgenstern, est-ce que vous vous rappelez ?

Elle fit signe que oui.

– Le docteur Vallin vous a prescrit du Bromazépam, j'ai besoin de savoir si vous avez suivi la dose prescrite.

Elle fixa le tube que lui montrait le médecin, prit un temps de réflexion et fit signe que non.

– Pourquoi ?

– Parce que je ne veux pas être droguée.

– Ce n'est pas une drogue, Madame Jacquemart, c'est une aide temporaire pour vous aider à surmonter les crises d'angoisse.

– Je n'ai pas de crise d'angoisse.

Le médecin s'assit sur la table basse, face au canapé, et plongea ses yeux dans ceux de Paule.

– Madame Jacquemart, je vous promets qu'il ne s'agit pas de drogue et je vous assure que vous en avez besoin. Juste pour quelque temps. Mais il faut impérativement que vous suiviez la prescription du docteur Vallin. C'est primordial pour que vous vous sentiez mieux.

– Qui vous dit que j'ai envie de me sentir mieux ?

C'était dit dans un souffle.

– Je paie le prix, c'est tout

– Les criminelles paient le prix, pas les innocents.

– J'ai tué ma fille ! hurla Paule.

Le colonel vacilla en l'entendant

– Comment avez-vous tué votre fille ? demanda doucement le médecin.

– Je ne suis pas allée la chercher ! Vous comprenez ! Je l'ai laissée rentrer toute seule !

Elle s'était levée hystérique. Le médecin s'approcha d'elle sans la toucher. Il composa le numéro du docteur Vallin.

– Docteur ?

– Oui ?

– Madame Jacquemart a besoin de vous, je vous mets en haut-parleur.

– Non ! cria Paule, je ne veux pas écouter ! Laissez-moi tranquille !

– Madame Jacquemart soutient qu'elle a tué sa fille.

– Bien.

Paule se mit alors à hurler, à hurler qu'elle l'avait laissée rentrer toute seule, qu'elle aurait dû aller la chercher, qu'elle l'avait laissée aller à la mort. Le colonel s'était assis et tentait de retenir ses larmes. Paule, en reculant, heurta Titine et de peur se réfugia dans un angle de la pièce. Se sentant acculée, elle s'assit par terre et protégea sa tête avec ses bras.

– Docteur, je vous demanderai de laisser votre portable allumé près d'elle et de quitter la pièce s'il vous plaît, ordonna le docteur Vallin.

Le médecin et le colonel obtempérèrent ainsi que Titine.

– Madame Jacquemart, je ne vous demande pas de parler, fit la voix du docteur Vallin, mais juste de m'écouter. J'avais vingt-huit ans.

Paule fit le geste de se lever pour jeter le téléphone.

– Vous écoutez ?

La voix du docteur Vallin était grave, douce, profonde à la fois et c'est ce qui arrêta son geste.

– Écoutez seulement mon histoire. C'est tout. Je ne demande rien d'autre.

– D'accord ! D'accord !

Paule retourna dans son coin.

– J'avais vingt-huit ans quand la gendarmerie est venue m'annoncer la mort de mon mari.

Paule leva les yeux vers le téléphone. Béatrice Vallin enfreignait toutes les règles de déontologie, mais elle savait d'instinct que c'était ce qu'il fallait dire faire.

– J'étais interne à l'Hôtel-Dieu à Paris et mon mari était haut fonctionnaire d'État. Nous étions en vacances dans les Landes et ce jour-là, il avait décidé d'aller chasser. Mon mari adorait la chasse et quand on est venu m'annoncer sa mort à midi, je n'y ai pas cru. Non. Je me suis dit qu'ils s'étaient trompés. Puis, j'ai dû aller à la morgue pour le reconnaître. C'est là que je suis entrée dans une immense colère. Puis en dépression. Le deuil est un processus complexe, Madame Jacquemart. Très complexe. Je suis psychiatre, j'en connais toutes les étapes, le fonctionnement et quand ce fut mon tour de l'affronter, tout m'a échappé. J'ai fait une très grave dépression, mais cinq ans plus tard. Pas avant parce que je devais m'occuper de mes enfants. Le dernier avait sept mois quand mon mari est mort. Ce ne fut qu'après, bien après, que je me suis effondrée. Ma sœur a été là, ainsi que mon beau-frère, mais le deuil se vit seul. Vous le savez mieux que quiconque. Il m'a fallu trois ans pour passer à l'acceptation de sa mort. C'est ce qui est le plus difficile. Accepter ne veut pas dire oublier, ça veut dire accepter de vivre sans lui. De continuer de vivre, de manger, de boire, de dormir, de rire sans lui.

Béatrice Vallin fit une pause.

– Vous n'avez pas tué votre mari, entendit-elle.

– De même que vous n'avez pas tué votre fille.

– Si !

– Vous rappelez-vous votre dernière conversation et votre fille ?

– Pourquoi ? demanda Paule hargneuse.

– Comme ça. Moi, j'avais grogné à mon mari qu'il ait l'amabilité de ne pas me réveiller à quatre heures du matin pendant les vacances. Un grognement magistral. Je ne lui ai pas dit combien je l'aimais ou qu'il était un excellent père et mari. Non. J'ai grogné un « merci de ne pas me réveiller. Merde, il est quatre heures ». C'est pour cela que je m'en suis voulu pendant tant d'années. Parce que c'était la dernière fois que je le voyais et que je ne le savais pas. En même temps, qui aurait pu prévoir qu'un cinglé allait confondre mon mari avec un sanglier.

Béatrice laissa le silence s'installer en priant pour que la batterie du téléphone tienne dans la durée. Paule regardait d'un air absent le buffet.

– *Maman, est-ce que je pourrais rentrer en bus ce soir ?*

– *Noémie, je viens te chercher. On est en novembre, il fait nuit et tu sors tard.*

– *Maman, s'il te plaît.*

– *Noémie.*

– *Maman ! Les autres rentrent en bus.*

– *Et bien, pas toi.*

– *Maman ! J'ai treize ans !*

– *Et alors ?*

– *Grrr, tu es infernale. C'est dingue, on dirait que j'ai encore cinq ans. On sort à 19 h 30, le bus est à 19 h 32, juste en face du Conservatoire et on passe par le passage pour piéton qui est éclairé. Et en plus, il y aura Clarisse, Antoine et Brice. On prend tous les quatre le même bus et on s'arrête au même arrêt !*

– *Et du bus à la maison ?*

– *Maman ! La maman de Brice vient l'attendre à l'arrêt de bus, elle me déposera. S'il te plaît,* supplia l'adolescente.

– Noémie, je…

Paule regarda sa fille.

– Rho, d'accord. Mais le bus de 19 h 32 ! Pas de papotage ou plus jamais je ne te laisserai faire.

– Ouais ! Génial ! Tu es la meilleure maman du monde !

Noémie se précipita dans les bras de sa mère pour un gros câlin.

– Eh, Brice, je peux rentrer en bus ce soir !

– Génial ! Merci, Madame. Maman la déposera. Promis !

Paule regarda les deux adolescents partir bras dessus bras dessous en direction de la porte du collège. Mais ce soir-là, personne ne déposa Noémie.

– Docteur ?

– Oui ?

– Je vous rappellerai demain.

– D'accord, souffla Béatrice soulagée.

Lorsque les deux hommes entrèrent de nouveau dans la pièce à la suite de Titine, ils trouvèrent Paule de nouveau allongée sur son canapé, en larmes.

– On va vous laisser vous reposer, mais avant, prenez ça.

Le médecin lui tendit un quart de Bromazépam que Paule accepta d'avaler. Le colonel remercia chaleureusement le médecin, rentra chez lui et en ressortit avec un duvet et une chaise longue. Il avait pris la décision de s'installer devant la porte et de veiller jusqu'à ce qu'il soit sûr que

Paule dorme paisiblement. Il ne rentra se coucher qu'au petit matin. Pendant ce temps, le médecin d'Authumes appela le docteur Vallin pour lui dire qu'il passerait chez Paule le lendemain afin de s'assurer de son état.

– Euh, bonjour, lança depuis la barrière le médecin d'Authumes.

– Je peux vous aider ? questionna une voix féminine depuis le perron.

– Je suis le docteur Morgenstern. J'ai promis au docteur Vallin de m'enquérir de l'état de Madame Jacquemart.

– Entrez ! Je suis la maman de Paule.

– Euh, c'est-à-dire que le chien…

– Titine ! Arrête de grogner. Je vous en prie, prenez la peine d'entrer. Paule, ajouta doucement Antoinette, c'est ton médecin.

Elle « dormottait » allongée sur la chaise longue moitié à l'ombre moitié au soleil.

– Bonjour Docteur.

– Bonjour, Madame Jacquemart, je viens voir comment vous allez.

– Pas trop mal, je dirais.

– Vous sentez-vous la capacité de reprendre le travail ?

Paule prit le temps de la réflexion.

– Pour être très franche, non. Mais il y a une différence entre ce que je ressens et la réalité. Si vous estimez que je puis reprendre le travail, je reprendrai le travail.

– Pour être franc également, j'espérais cette réponse. Le docteur Vallin et moi-même avons estimé hier soir que vous n'étiez pas encore tout à fait prête et qu'une semaine de plus à prendre soin de vous ne serait pas du luxe.

– Je vais donc si mal que cela ?

– Si je reprends les termes du docteur Vallin, vous souffrez d'un deuil traumatique. Ce n'est pas quelque chose à prendre à la légère et c'est surtout quelque chose qui demande du temps. Qui demande parfois une thérapie. Un deuil traumatique est une souffrance qui a été refoulée pendant longtemps, on ne peut en ressortir qu'en s'écoutant et en acceptant une forme d'introspection.

– Ça ne finira donc jamais ?

– Bien sûr que si. Pour cela, il vous suffit de mener une thérapie avec le docteur Vallin, de respecter son ordonnance et d'accepter vos faiblesses pour mieux les surmonter.

– Le problème est que le docteur Vallin est à Paris.

– Je suis sûr que vous trouverez toutes les deux une solution à cet éloignement. Je vais remplir le prolongement de votre arrêt de travail et ajouter un peu de vitamines afin de compenser une nourriture bien trop légère. Car je suppose que vous ne mangez pas correctement.

– Effectivement.

Antoinette arriva avec du café et quelques gâteaux secs.

– Grand Dieu ! Voilà un accueil de roi ! Je vous remercie, Madame. J'ignore ce que vous avez prévu à midi, mais des féculents seraient les bienvenus. Et, ce toute la semaine.

– Des féculents ? Voyons, voyons. De quoi aurais-tu envie de là toute suite, ma puce ?

– De pommes de terre.

– De pommes de terre ? Voyons, voyons. Un gratin ! Est-ce qu'un gratin te plairait ?

– Oui, s'il y a plein de fromages croustillants au-dessus, répondit espiègle Paule.

– Et bien si tu veux du croustillant, tu auras du croustillant.

Antoinette filocha dans la cuisine et en ressortit aussi vite qu'elle était rentrée pour se diriger chez Geneviève afin de savoir si elle n'aurait pas du gruyère à lui prêter. Non seulement elle en avait, mais elle avait également de la crème fraîche. Ce fut donc un festin qui se prépara dans la cuisine de Suzanne. Un festin auquel le médecin fut convié, mais qu'il déclina la mort dans l'âme, car il était d'astreinte à l'hôpital de Dole. À son retour ce soir-là à son cabinet, le docteur d'Authumes découvrit sur le pas de sa porte, dans un sac surgelé rempli de pains de glace, une boîte en plastique avec à l'intérieur du gratin de pommes de terre. On avait beau dire qu'être médecin à la campagne était un sacerdoce, il y avait des compensations inestimables, se prit-il à penser. Il se régala tout comme Paule s'était régalée à midi. Toute la journée, Antoinette et Geneviève aidées de Marie Simone préparèrent les repas de Paule pour toute la semaine. Le médecin avait exigé des féculents, Paule mangea tous les midis des féculents. Quant au soir, elle avait ordre d'ingurgiter soit une soupe soit une salade composée.

– À ce rythme-là, je vais finir obèse, avait-elle confié à Titine.

Elle reprit contact avec le docteur Vallin au milieu de la semaine et obtint un rendez-vous téléphonique par l'intermédiaire de sa secrétaire. La thérapie de Paule commençait. Elle obéit à toutes les prescriptions du médecin et petit à petit se confia davantage à la thérapeute. Cette dernière n'estima pas pour l'instant utile de rencontrer Paule de visu dans la mesure où le médecin d'Authumes était ses yeux et ses oreilles. C'était une thérapie d'un genre particulier, mais que la psychiatre, au vu de tout ce qu'elle savait de Paule par l'intermédiaire d'Ernest, considérait comme tout à fait en adéquation avec le caractère de sa patiente. Il était convenu que chaque séance, dont le montant était systématiquement identique, serait facturée et réglée par un virement bancaire. De même qu'il était convenu que le docteur Morgenstern passerait chaque semaine, constater les progrès de Paule.

– Dans peu de temps on va savoir que le trou de la sécu, c'est moi, s'était amusé à dire Paule.

– Cela compensera le nombre d'années où tu n'es pas allée chez le médecin, lui rappela sa mère.

Le temps s'adoucissant, Justin et Marie Simone eurent l'idée de proposer à Paule quelques promenades dans les bois. Elle fut d'abord réticente, mais devant la sollicitude des amis d'enfance de sa mère, elle céda et ne le regretta pas. La première promenade ne dura que trente minutes parce qu'elle était encore fatiguée. Mais le lendemain, elle se prolongea et à la fin de la semaine, elle en était à plus de deux heures de promenade. Doucement, la nature éveilla d'anciennes sensations : les odeurs des sous-bois, les bruits de la forêt, le chant des oiseaux et les rencontres inattendues : un chevreuil, les traces d'un ragondin, le froissement des feuilles sous le poids des vipères, dont les bois d'Authumes regorgeaient. Mais le point d'orgue de cette semaine fut la découverte d'une plume de faisan. Paule la ramassa et resta longtemps absorbée par la contemplation de cette plume. Elle se rappela alors soudain que sa grand-mère en portait une sur l'un de ses chapeaux et que c'était ledit chapeau qui avait déclenché la vocation d'Ernest. Le visage de Suzanne surgit tout à coup du néant et déclencha une vague de larmes que Paule n'essaya pas d'arrêter, mais qu'au contraire elle laissa couler. Ses compagnons de flânerie marchèrent un peu en retrait le temps de la laisser reprendre ses esprits. La promenade n'en fut pas pour autant gâchée, bien au contraire, elle déclencha quelque chose chez Paule dont elle eut conscience sans être capable de lui donner un nom ou une consistance. Ce quelque chose s'installa en elle et ne la quitta plus. À leur retour, ils trouvèrent le médecin d'Authumes devant la grille de la maison prêt à repartir.

– Je voulais juste savoir comment s'était déroulée votre semaine, expliqua-t-il gauchement.

– Eh bien, dans ce cas entrez, j'allais faire du café pour tout le monde.

– Non, non, je ne veux pas déranger.

– Mon garçon, fit le colonel avec un faux air paternel, je vous conseille de rester afin de goûter le café de Paule. Vous ne pouvez pas lui faire l'affront de refuser l'honneur qu'elle vous fait.

Tout gêné, le médecin ferma sa voiture et suivit les deux couples à l'intérieur de la maison. Le colonel et Justin sortirent une table d'une des pièces adjacentes ainsi que des chaises.

– Avec un temps pareil, on ne va pas rester à l'intérieur.

– Dure journée visiblement ? interrogea Justin voyant la mine fatiguée du médecin.

– À qui le dites-vous ! soupira le médecin. Je n'ai dormi que quatre heures en deux jours.

– Poussinette ! Fais une double ration de café, ton médecin est au bord de l'agonie.

Paule fit le service et chacun attendit que le médecin prenne une première gorgée de café.

– Vous, le premier, Docteur.

Quelque peu inquiet, le médecin fit ce qu'on lui demandait.

– Incroyable ! s'exclama-t-il. Incroyable !

– Hein ? On vous avait bien dit ! s'enthousiasma le colonel. Ça, c'est du café !

– Ah non, c'est un véritable nectar, objecta Geneviève.

– Alors là, je confirme. Quel est votre secret ?

– Je ne risque pas de vous le révéler, le taquina Paule, c'est un secret.

– D'accord, mais de qui le tenez-vous ?

– D'Aliénor de Montmorency. J'ai été sa dame de compagnie lorsque j'ai fait mes études à Paris. J'ai eu l'opportunité d'étudier à l'ESCP Europe. Mes parents et moi avions suffisamment économisé pour me payer ma première année, en revanche les logements à Paris étaient déjà très onéreux. C'est la Générale, la maman du colonel, qui a pris son téléphone et appelé le général de Plessis du Charme pour lui expliquer la situation dans laquelle je me trouvais. Sa sœur, Madame de Montmorency, devenait moins agile avec l'âge et avait besoin d'une aide quotidienne. Il eut donc l'idée d'associer les deux : mon besoin de logement et son besoin d'une assistance. Quant à Justin et Marie – Simone, ils débarquèrent un matin à l'épicerie de mes parents pour leur expliquer qu'ils m'avaient ouvert un livret quand j'étais enfant pour que je puisse faire des études. J'ai pu ainsi grâce à la grande générosité des amis d'enfance de mes parents faire des études fort onéreuses à Paris.

Le médecin regardait les deux couples rougissant sous le compliment.

– Ce qu'elle oublie de dire, bougonna le colonel, c'est qu'elle a aussi travaillé tout en faisant ses études.

– Je ne pouvais pas, tout de même, vivre à vos crochets !

– Mais n'importe quoi ! s'exclama outré Justin. On n'a fait que respecter les volontés de Firmin.

– Firmin, c'est mon papa, expliqua Marie Simone pour que le médecin comprenne. Il n'a pas fait d'études ni maman, juste le certificat. Ils avaient une ferme dont ils ont agrandi les terres à force de travail. Papa a commencé comme vacher, puis son patron lui a donné un bout de terre et de là, il a bâti sa ferme. Il aimait beaucoup Paule et ensuite Ernest, donc quand il s'est senti vieux, il nous a dit de vendre ce qui pouvait être vendu à un bon prix, d'en garder une partie pour l'avenir et de donner les sous à Paule pour ses études. Il a donné un pécule à Ernest parce qu'il voulait rester juste. Vous savez, Justin et moi n'avons pas d'enfant et nous sommes tous deux enfants uniques, cet argent on préfère qu'il aille là où il y a besoin. Justin est menuisier et moi, j'ai travaillé à La Poste toute ma vie. On a largement de quoi vivre. Autant que le supplément serve.

– Oui, mais le plus peut servir en cas de dépendance, compléta Paule.

– Mais on a tout prévu. Je te rappelle que c'est toi qui nous as conseillés.

– C'est vrai.

– Et vous, Docteur, comment se fait-il qu'un grand gaillard comme vous débarque dans ce trou perdu ? demanda le colonel.

– Oh, ce n'est pas compliqué. On nous a dit en fac que les campagnes allaient manquer de médecin. J'ai fait le serment de Hippocrate. Donc voilà.

– Vous auriez pu aller en ville.

– J'ai commencé à exercer en ville, mais quelque part, je trouvais cela injuste.

– Vous ne regrettez pas ? questionna Marie Simone, parce que vous êtes bien sollicité.

– Non, j'avais tenté l'aventure en faisant des remplacements afin d'être sûr et ça m'a plu. Mon père est neurochirurgien et attendait que je prenne sa suite. Mais cela ne m'intéressait pas. Je préfère la médecine générale.

– Il doit être déçu.

– Sans doute, mais lui ne reçoit pas du gratin de pommes de terre ni ne boit un si excellent café !

– Et là, moi, je dis, une nouvelle tournée, Paulinette !

– Matthieu ! rouspéta Geneviève.

Paule retourna travailler le lundi. Elle partit ce matin-là confiante et sûre d'elle, mais c'était sans compter l'angoisse, émotion traîtresse qui ressurgit de façon inopinée. Alors qu'elle travaillait depuis une heure à son bureau, elle sentit venir les signes avant-coureurs : respiration difficile et premier tremblement. Consciente que la situation n'allait qu'empirer, elle attrapa son sac et prit son anxiolytique. De nouveau maîtresse d'elle-même, elle se mit à pleurer de frustration. Paule aimait son travail parce qu'il était constitué de chiffres, de valeurs et d'éléments mathématiques qui la remplissaient de satisfaction. Cherchant un mouchoir, elle fit tomber un stylo qu'elle ramassa quand ses yeux tombèrent par inadvertance sur la prise murale. Et là, une connexion se fit dans son cerveau : « tu as la même à Neublans ». Elle avait, en effet, fait installer Internet dans la maison de sa grand-mère afin de pouvoir y travailler tout en veillant sur Suzanne dont la mémoire commençait de plus en plus à défaillir. La famille n'arrivait toujours pas à se résoudre à remplir les dossiers pour un EHPAD et la solution que Paule avait proposée était la plus satisfaisante. Pendant deux ans, elle avait travaillé à distance trois jours par semaine et la fin de semaine – Justin et Marie Simone gérant les autres jours – sans que cela gênât le moins du monde son quotidien. Mais au bout de deux ans, il fallut bien se rendre à l'évidence et accepter d'être vaincu par Alzheimer. La vue de cette prise lui rappela cette triste période, mais elle mit également en évidence la possibilité qui était désormais la sienne de travailler chez elle. Elle ressentit alors un immense soulagement encore plus, quand profitant de la pause déjeunait, elle appela l'opérateur téléphonique qui lui promit la ligne dans les quarante-huit heures. Il lui restait donc deux jours pour préparer tout ce dont elle allait avoir besoin à la maison et pour obtenir l'accord de sa direction. Accord qu'elle n'eut aucun mal à obtenir, le deal de départ ayant spécifié que le télétravail était une possibilité. Elle s'organisa donc avec l'accueil pour que ses rendez-vous soient le plus groupés possible. Le directeur de l'agence s'attendait à ce que dans les deux semaines suivantes, elle pose un nouveau congé au titre de maladie, mais il fut grandement et très agréablement surpris quand il constata que Paule remplissait ses fonctions à la perfection. Les dossiers de crédit qui étaient en cours depuis une semaine furent terminés au début de la semaine suivante laissant la place à d'autres dossiers plus complexes. Ce qu'ignorait ce directeur d'agence était que Paule travaillait toujours très vite et très efficacement. Elle maîtrisait tellement son métier que remplir les dossiers de crédit était un jeu d'enfant. Organisée, minutieuse, elle ne laissait rien tout hasard ce qui remplit le directeur de contentement. Encore plus, quand Agathe, la jeune stagiaire de l'accueil, lui raconta que Paule l'avait grandement dépannée avec une touriste anglaise.

– Madame de Saint-Jean ? fit une voix.

– Oui ?

Paule leva les yeux des notes qu'elle venait de prendre.

– J'ai juste un petit souci. Il y a à l'accueil une dame qui doit être anglaise et qui ne comprend absolument pas ce que je lui dis.

– J'arrive.

Au comportement de la vieille dame, Paule comprit qu'elle était atteinte des maladies du grand âge comme on dit poliment pour ne pas nommer Alzheimer. Elle pria Agathe d'aller lui chercher son sac à main et dans un anglais encore un peu rouillé, elle lui proposa de l'accompagner à la recherche de son mari. Rassurée par l'anglais et le regard doux de Paule, la vieille dame la suivit. Elles errèrent pendant une bonne heure avant de voir arriver vers elle un homme totalement essoufflé. Soulagé et reconnaissant, l'homme salua Paule et partit avec son épouse. Quelques minutes plus tard, il tambourinait à la porte de l'agence bancaire.

– Oh merci ! Je vous retrouve ! Je ne suis qu'un malotru. Edgar Hartwell, fit-il en tendant la main, ma femme Abigaïl.[2]

– Paule Maréchale de Saint-Jean.

– Ravi de vous avoir rencontrée, très sincèrement. Si vous aviez un peu de temps, pourriez-vous venir prendre le thé avec nous cet après-midi, ce serait un grand honneur.

– Bien volontiers.

– Fantastique ! Nous passons vous chercher à 17 heures.

– Alors ? demanda une Agathe curieuse.

_____

[2] Conversation en anglais.

– Je suis invitée à prendre le thé.

– Ouah, la classe !

– C'est le moment où jamais de me remémorer les us et coutumes du Tea time.

– Parce qu'il y a des us et coutumes ?

– Selon Miss Tinwood, oui. Et quiconque enfreint ces règles est voué à la damnation éternelle.

– Puis-je vous demander qui est Miss Tinwood ?

– Ma répétitrice. Madame de Montmorency estimait qu'il me fallait avoir l'accent anglais le plus parfait qui soit et m'a fait suivre, ainsi qu'à sa nièce Gabrielle, des cours de diction, de prononciation, de conversation et le plus important d'histoire de l'Angleterre et de ses mœurs.

– Ouah !

– Comme vous dites ! Je constate seulement que je suis quelque peu rouillée.

– J'ignore si le thé est corrosif, mais à mon avis vous allez y arriver !

– J'apprécie votre soutien.

Le rire d'Agathe accompagna Paule jusqu'à son bureau. À 17 heures, le couple était devant la porte de l'agence et attendait sagement son invitée. La fin d'après-midi fut des plus agréables, l'anglais de Paule passa à la vitesse supérieure en très peu de temps et les cours de Miss Tinwood portèrent leurs fruits. Le couple quitta Paule non sans lui avoir demandé sa carte professionnelle et ses coordonnées personnelles « il est toujours bon d'avoir un analyste financier dans ses connaissances », expliqua malicieusement Monsieur Hartwell. Deux mois plus tard, Paule recevait une bouteille de brandy accompagnée de la carte suivante « le meilleur du comté, puisque c'est moi qui le fais ».

– Tu seras pour les grandes occasions, dit-elle à l'adresse de la bouteille.

Paule, rappelée à l'ordre par Bastien, se lança en juillet dans son déménagement. Aidée de ses parents, de son frère Julien et d'Ernest, elle mit de côté dans une pièce tout ce qui revenait à Bastien et entassa au centre de son imposant salon, tout ce que l'entreprise de déménagement devait emporter et empaqueter afin de déposer le tout dans un garde-meubles laissant ainsi à Paule le temps de trouver le logement adéquat. Dans cette dernière expression, il fallait comprendre le logement capable d'accueillir le piano de Noémie. Ce fut la condition sine qua non que posa Paule quand l'agent immobilier, venu visiter la maison afin d'en estimer le prix, lui avait demandé si elle était elle-même en recherche d'un logement. Même pas peur, il accepta le défi. Paule également se lança un défi, celui de retourner aux Hays à vélo. Elle s'était levée un matin du mois d'août en ressentant l'envie impérieuse de retourner voir cette maison. Elle sortit le vélo de sa grand-mère, vérifia, regonfla les pneus et partit sans Titine qui s'installa sur le perron de la maison pour se dorer au soleil. La maison était toujours là. L'odeur enivrante des lilas, la barrière toute déglinguée, les volets tenant par un seul gond, tout était à l'identique de son enfance. Enjambant tant bien que mal la barrière, elle alla s'asseoir sur le banc sur lequel pendant de nombreuses années elle avait vu sa grand-mère assise. Doucement des larmes coulèrent. Elle passa son après-midi aux Hays, dans le calme et les odeurs d'été, dans le bruit des insectes et dans le souffle de la brise légère. Ce fut si apaisant qu'elle y retourna chaque dimanche. La maison eut autant d'impact sur elle que ses échanges téléphoniques avec sa psychiatre. Paule s'ouvrait au passé, à l'avenir et petit à petit, l'enfant joyeuse qu'elle était réapparaissait par petites touches, inconsciemment, mais de plus en plus la petite Paule renaissait.

En septembre, Paule fut sollicitée à deux reprises par le colonel. La maman de ce dernier, que tout le monde appelait la Générale, avait appris sa présence à Neublans et avait souhaité la revoir. Blanche de Montoire avait toujours adoré ce petit bout de chou et l'avait regardé grandir avec beaucoup d'attention. À la mort de Suzanne, le choc fut si important qu'elle décida d'intégrer la maison de retraite de Pierre de Bresse. Le colonel eut beaucoup de mal à accepter cette décision, car sa maman n'était en aucune façon dépendante, mais il se plia à la demande maternelle. Depuis, Blanche vivait quelque peu recluse ne s'accordant qu'une sortie quotidienne dans le parc du château — puisque c'est dans les jardins de ce dernier que la maison de retraite avait été construite — et ne recevant que son fils et sa belle-fille. L'envie de revoir Paule la tenaillait depuis quelques semaines jusqu'à ce qu'elle se décide à l'inviter par l'intermédiaire de son fils. Elle attendait donc fébrilement en ce samedi de septembre son invitée, qui arriva avec un vacherin dans les mains. Elles le dégustèrent avec beaucoup de plaisir et s'octroyèrent ensuite une petite promenade dans le parc. C'est lors de cette dernière que Blanche remarqua le blanc des cheveux de Paule ainsi que la cicatrice encore rouge qui descendait de son œil gauche jusqu'à la pommette. À sa vue, elle blêmit et son souffle s'accéléra.

– N'ayez pas d'inquiétude, je suis juste tombée.

– Mais comment ? bégaya la Générale.

Paule lui raconta alors qu'elle était allée à Lyon pour un séminaire des analystes de crédit, mais qu'elle était arrivée en retard du fait d'une panne. C'était en attendant la pause de la première conférence dans le hall qu'elle avait retrouvé son ancien professeur à l'ESCP Europe. Devenu aveugle, il avait sollicité son aide pour trouver la salle de conférences à laquelle il devait participer et une fois sur place, il lui proposa d'assister au séminaire des analystes financiers et l'invita à dîner le soir quand il découvrit que c'était une de ses anciennes élèves. C'était en le raccompagnant chez lui qu'elle fut bousculée par une bande d'adolescents sur skateboard et que sa tête avait heurté la plaque en métal d'une boîte aux lettres en cours d'installation. Elle lui raconta qu'elle avait passé sa soirée aux urgences, qu'elle avait reçu des points de suture et qu'elle n'avait repris la suite du séminaire qu'après une journée de repos. Elle lui raconta, également, que le chien du professeur Chaumet s'appelait Melchior et que c'était lui qui était venu, dans le hall, la tirer par le bas du pantalon pour guider son maître. La Générale sourit, car du fond de sa mémoire lui revint l'aventure avec Tobias et la joie que son chien Jojo éprouvait à chaque fois qu'il voyait passer Paule. Joie tellement débordante qu'une fois Jojo la fit tomber dans un fossé d'orties. Blanche s'était totalement affolée alors que Suzanne était restée d'un calme olympien connaissant sur le bout des doigts sa petite-fille. Cette dernière s'était redressée en rouspétant faussement après Jojo qui avait sali sa belle robe, mais en affichant un sourire éclatant parce qu'elle trouvait l'aventure fort rigolote. Le récit haut en couleur que fit Paule de son séminaire à Lyon apaisa la Générale, mais ne put lui faire oublier la dérangeante sensation de malaise qu'elle avait éprouvée en voyant cette cicatrice rouge cerise. Les deux femmes terminèrent leur promenade en admirant les daims du parc et Paule promit de revenir plus régulièrement. Septembre fut également pour Paule l'occasion de retourner à Paris. Un ami du père du colonel, qui avait servi à ses côtés au moment de la Libération, était décédé et le colonel estimait qu'il était de son devoir d'assister à son enterrement. Seulement, Paris était très loin dans sa mémoire et il avait peur de se perdre. Faisant fi de son orgueil personnel, il demanda à Paule de l'accompagner Geneviève et lui, ce qu'elle accepta sans aucune difficulté pouvant gérer son emploi du temps comme bon lui semblait. Paule arpentait les rues du quartier Montparnasse en attendant la fin de la cérémonie à laquelle assistaient le colonel et sa femme quand il lui prit l'envie d'entrer dans le cimetière. Elle erra de-ci de-là jusqu'à ce qu'elle entende les cloches sonner la sortie du cercueil. Elle retourna dix ans en arrière. Noémie. Une nouvelle fois les larmes jaillirent et une nouvelle fois elle les laissa couler. Elle se laissa alors bercer par les odeurs des tilleuls, des thuyas fraîchement taillés qul lui sautaient aux narines ; elle huma tous les effluves naturels qui s'offraient à elle et laissa ses pas la guider à travers les tombes. Elle se rappela qu'étudiante, elle avait parcouru les allées pour admirer les tombeaux, véritables œuvres d'art dans certains cas ; elle se rappela Beauvoir, Citroën, Baudelaire, Houdin, Ionesco, Valotton et bien sûr Madame Boucicault ! Un SMS lui apprit que le colonel était prêt, elle fit donc ses adieux à tout ce petit monde qui avait eu la force de l'apaiser et se dirigea avec ses amis chez le commandant de Plessis du Charme.

– Soyez les bienvenus ! leur lança-t-il sur le pas de la porte.

Quand le colonel avait appelé pour lui proposer de partager un café, il avait profité de la situation pour leur offrir un déjeuner. Paule avait fait ses études avec sa fille Gabrielle et il avait gardé un excellent souvenir de cette période. Il continuait également l'œuvre de son père qui avait soutenu, encouragé les carrières de Paule et d'Ernest. Le repas se déroula dans une ambiance chaleureuse et familiale, où chacun se remémora le passé et envisagea l'avenir. Alors qu'ils étaient au café, le carillon de la porte retentit.

– Maréchal des logis ! Tu ne croyais tout de même pas que tu allais nous échapper !

Maréchal des logis, il n'y avait qu'une seule personne pour l'appeler ainsi.

– Irina !

– Tadaaa ! Surprise ! Gaby nous a prévenus de ta visite et je me suis invitée au café !

– Nous nous sommes invités au café, rectifia l'homme qui se tenait derrière elle.

– Bertrand !

– Viens là que je t'embrasse ! tonna Irina.

Elle lui ouvrit les bras et la serra très fort tandis que son mari attendait son tour pour faire de même. Le colonel et sa femme regardaient d'un œil attendri les retrouvailles. Paule fit les présentations.

– Colonel, Geneviève, je vous présente Irina Gritchenko-Molenski et son mari Bertrand.

– Bon allez, fit Irina une fois les salutations d'usage terminées, raconte un peu Maréchal des logis, c'est quoi cette cicatrice !

– Irina, rouspéta son mari.

– C'est un peu long.

– Ça tombe bien, on a une heure devant nous.

Le colonel et Geneviève redécouvrirent le débit dont était capable Paule et Irina et Bertrand retinrent surtout qu'elle était allée en 4 L à Lyon. Paule dut leur expliquer que sa voiture était en panne, que Justin voulait lui prêter la 403, mais que quand elle s'était assise sur le siège, il s'était effondré et donc elle avait emprunté la 4 L fourgonnette.

– Rhaaaa, fit Irina au bord de l'évanouissement, tu ne changeras pas. C'est dingue. Savez-vous qu'elle faisait des livraisons en vélo ?

– Et pas n'importe quel vélo, compléta son mari, un triporteur.

Le colonel s'étouffa.

– Paule…

– Bah oui, je faisais des livraisons pour Ernest.

– Des livr…

Geneviève en resta coite.

– Je ne sais même pas pourquoi on est étonné, finit par dire le colonel. C'est du Paule tout craché. Un triporteur dans Paris !

– Ben, c'était très pratique.

Irina leva les yeux au ciel.

– Quand je vous dis qu'elle est indécrottable.

– Remarque, je note les progrès. Tu passes du triporteur à la 4 L, remarqua ironique Bertrand.

– Jaloux, va.

– Absolument.

La conversation qui s'ensuivit fut des plus futiles, mais des plus enchanteresses. Chacun raconta sa vie, son travail et quand vint l'heure de se quitter, Irina étreignit fortement Paule.

– C'est de la part de Lady Ascot.

Elle ajouta un immense bisou.

– Ça, c'est de la mienne. J'étais très heureuse de te revoir Maréchal des logis. Très. Reviens vite sur le marché, ma chérie, tu nous manques.

– Je suis trop vieille maintenant.

– Taratata, rétorqua Bertrand. Tu as refusé deux fois la banque Rothschild, ne refuse pas la troisième opportunité qui s'offrira toi. Irina a raison, reviens sur le marché, tu y as ta place.

Bertrand serra très fort Paule et suivit sa femme.

– Ils ont raison, tu sais, insista le commandant de Plessis du Charme alors qu'elle revenait à table. Tu es douée. Gabrielle l'a toujours dit.

– Ils étaient tous les trois dans les cinq premiers de la promo. Je suis loin derrière.

– Peut-être. Mais, elle a toujours dit que tu étais douée. Elle n'avait aucune raison de mentir.

Paule resta un instant pensive et finit par hausser les épaules.

– Peut-être.

Se baissant pour ramasser sa serviette qui était tombée, elle n'eut pas le temps de terminer son geste que le chien du commandant lui sautait dessus.

– Tobias, non, mais arrête, c'est dégoûtant.

– Quarante ans ont passé, mais rien ne change, philosopha le commandant qui se rappela que le Tobias de son papa avait agi de même.

Paule cessa le combat contre Tobias et se retrouva assise par terre avec le dogue allemand collé contre elle qui attendait impatiemment les caresses. Le commandant laissa partir ses invités en fin d'après-midi et avant de reprendre la route, Paule s'arrêta déposer du vin du Jura au cabinet du docteur Vallin en remerciement de son dévouement. Même la secrétaire eut droit à son panier garni de spécialités régionales. Ce geste gratuit alla droit au cœur du médecin et la conforta dans l'analyse qu'elle avait eue de la personnalité de Paule. « A personnalité particulière, pratique particulière », se dit-elle.

Novembre.

Paule rentrait à la maison quand elle vit une voiture garée devant chez elle.

– Madame Maréchale de Saint-Jean ?

– Oui.

– Je me présente, Simon Andrei. J'aimerais discuter avec vous d'un dossier.

Titine grondait dans le jardin, incitant Paule à la prudence.

– Vous pouvez prendre rendez-vous à l'agence.

– Certes, mais ma fonction alerterait vos supérieurs.

– Votre fonction ?

Il lui tendit sa carte.

– Un chasseur de têtes ?

– Exact.

– Je ne comprends pas.

– J'étais présent lors du séminaire des analystes financiers.

– Oui, et alors ?

– Et vous êtes celle que je cherche.

Paule le regardait d'un air dubitatif. Il la contourna et observa la 4 L.

– Voilà pourquoi vous êtes celle que je cherche.

– Parce que je roule en 4 L ?

Il lui sourit de toutes ses dents.

– Pouvons-nous prendre le temps de discuter ?

– Tout doux, Titine. Elle apprécie peu les étrangers, le prévint-elle.

– Comme beaucoup en France.

– Entrez. Voulez-vous boire quelque chose ?

Simon Andrei entra dans une pièce qu'il prit le temps d'observer.

– Du café, si vous en avez oui, répondit-il enfin.

Il entendit Paule le préparer et resta debout jusqu'à ce qu'elle l'autorise à prendre place.

– Je ne vais pas vous faire attendre. En général, je trouve mes perles rares sur le Net. Dans votre cas, c'est le plus pur hasard. Mon client est un groupe financier suisse qui cherche à satisfaire un équipementier automobile de Lyon. Ce dernier recherche un analyste financier pour l'aider à construire un nouveau projet. Je me suis trouvé sur le même parking que vous parce que mon téléphone a sonné alors que je quittais Lyon. Le kit mains libres à ses adeptes, mais ce jour-là, je n'avais pas envie de l'utiliser. Bref, je me suis trouvé à la sortie du séminaire et je vous ai vue vous diriger vers la 4 L.

Personnellement, je n'avais jamais vu une voiture pareille. Ce qui m'a épaté, c'est que le professeur Chaumet y soit monté. Tout le monde connaît le professeur Chaumet, expliqua-t-il, enfin tous ceux qui s'intéressent aux étudiants qui sortent des meilleures écoles. J'ai donc posé des questions autour de moi et j'ai appris que vous aviez accompagné le professeur jusqu'à la salle et que vous étiez restée par commodité, votre propre séminaire ayant déjà commencé. Vous n'avez pas été facile à trouver, car la voiture n'est pas à vous. Mais j'ai réussi, ajouta-t-il fièrement. J'ai découvert que vous aviez un Master spécialisé en finance, et surtout que vous aviez refusé deux offres de la banque Rothschild. Sans compter la promotion dont vous êtes issue. Irina Gritchenko-Molenski, une des meilleures traders ; Bertrand Polochon, étoile montante de la banque Rothschild ; Lady Ascot, analyste financier de haut vol. Il n'y a aucune erreur dans votre parcours, un CV plus que parfait.

Il s'arrêta pour prendre une gorgée de café.

– Et une totale maîtrise du café !

Paule sourit et attendit la suite.

– Je travaille pour ce groupe et je vous arrête tout de suite, vous êtes le profil dont ils ont besoin. Je vais être franc. Ils font de l'argent, vos convictions sont ailleurs. En revanche, ils aimeraient étendre leur activité à des choses plus triviales. Des dossiers moins attractifs, si vous préférez. Intéressants, sécurisés, mais moins attractifs.

Il se tut pour laisser à Paule le temps de comprendre où il voulait en venir.

– Vous êtes incroyable. Vous me dites que je corresponds au profil recherché, mais pour faire les basses œuvres.

– Exact, acquiesça-t-il sans vergogne. Écoutez-moi bien, Madame Maréchale de Saint-Jean. Vous sortez de la meilleure école, mais vous avez, semble-t-il, fait des choix de vie. Respectables. Mais ces choix de vie vous ont éloignée du monde de la finance tel qu'il est. Ce que je vous propose, ce sont des dossiers qui ne plaisent pas aux jeunes loups de Wall Street, mais qui sont en accord avec vos convictions. Il est évident que ce type de dossiers donnera un visage humain aux groupes que je représente. Vous seriez sa façade humaine. Mais, enchaîna-t-il rapidement afin de couper court à toute protestation, même si vous n'êtes qu'une façade, qu'un « petit » analyste financier, vous n'en demeurerez pas moins le conseiller d'entreprises qui sont oubliées ou négligées. Vous êtes douée, votre parcours le montre. Mettez vos compétences au service des plus petits. Vous l'avez déjà fait par le passé : la chapellerie Villorin ; l'épicerie de vos parents ; vos amis ; le gérant du bar pour lequel vous faisiez quelques livraisons. Sans compter toutes les petites gens que vous avez croisées et qui ont une meilleure retraite grâce à vous. Je ne vous passe pas de la pommade. J'ai un groupe qui a une demande, vous y répondez.

– Puisque vous semblez tout savoir, vous savez que je ne quitterai pas Dijon.

– Oui. Mon employeur est prévenu. Il accepte le télétravail pour peu que vous acceptiez un ou deux jours par semaine maximum en Suisse afin de débriefer sur vos dossiers.

– Je présume que j'ai une période d'essai ?

Il sourit.

– Un dossier pour être exact. Un dossier à traiter. À partir de celui-ci, vous obtiendrez un entretien d'embauche.

– Et ce dossier est celui de l'équipementier ?

– Tout à fait. Si vous résolvez ce problème, vous leur enlevez une épine du pied. Jusqu'à présent aucun analyste n'a su le satisfaire. C'est un client très intéressant pour le groupe notamment par son réseau personnel.

– Et pourquoi moi ?

– Parce que vous roulez en 4 L ; parce que vous habitez dans le Jura ; parce que vous vivez pour l'instant chez votre grand-mère.

– Vous en savez des choses, le coupa-t-elle.

– Il me faut tout savoir afin de faire la bonne proposition à la bonne personne. Je n'ai pas droit à l'erreur. Vos amis ont été très loquaces surtout au sujet de vos compétences. Madame Gritchenko-Molenski n'a pas tari d'éloges et de sa part, croyez-moi, c'est prometteur. D'ailleurs, elle vous appelle maréchal des logis.

Paule se mit à rire.

– Irina n'a jamais pu se faire à mon patronyme. Je crois que ça l'amuse à présent de continuer à m'appeler ainsi.

– Donc ? Je peux rassurer mon client ?

– Donnez-moi le dossier, je ferai mon travail et on verra si ce que vous ont dit mes amis est justifié.

Un large sourire se dessina sur le visage de Simon Andrei.

– Mettez le pied chez eux, et vous finirez dans le quatuor de tête du groupe.

– Bien sûr, répondit-elle peu convaincue.

– Si. Vous verrez. J'en suis certain.

Il prit congé en lui donnant le dossier de Sylvain Beaufort.

– Je peux vous aider ? demanda fort aimablement une jeune femme qui buvait son café devant la porte de l'entreprise.

– Je pense. J'ai rendez-vous avec Monsieur Beaufort.

– Je suis son assistante, Vanille Auclerc.

– Paule Maréchale de Saint-Jean.

– Vous êtes l'analyste financier ? s'étonna la jeune femme.

– Oui.

– Mais…

La jeune femme ne put s'empêcher de regarder la voiture de laquelle était descendue Paule.

– Oui ?

– Non rien. C'est juste que… Non, rien. Je vous conduis à lui.

L'accueil annonça à Monsieur Beaufort que son rendez-vous était arrivé.

– On va s'installer dans la salle de réunion. Avez-vous besoin d'une projection ?

– Si vous le pensez utile, sinon j'ai ma tablette.

– On va projeter, ce sera mieux.

Paule lui tendit sa clé.

– Quel fichier ?

– Il n'y en a qu'un, vous ne pouvez pas vous tromper.

– Madame Maréchale de Saint-Jean, Sylvain Beaufort.

Un petit homme en costume trois-pièces, cheveux clairsemés et ventre légèrement proéminent fit son entrée dans la pièce et tendit la main à Paule.

– Ravie.

– Mon directeur adjoint, Monsieur Carel.

– Enchanté.

– De même.

– Bien, qu'avez-vous à nous proposer ?

– J'ai trois propositions. La proposition numéro un : vous voulez gagner beaucoup d'argent afin d'avoir des liquidités pour investir ailleurs. Les entreprises qui apparaissent sur l'écran peuvent vous rapporter jusqu'à un million de liquidités à partir du moment où vous achetez au bon moment. Mais elles peuvent, également, vous faire perdre autant. Proposition deux : vous prenez des parts dans les entreprises que voici, il y a peu de risque, des gains réguliers entre deux cents à trois cent mille euros par an dans le meilleur des cas, de faibles pertes. Cela vous permet d'avoir des liquidités et ces entreprises peuvent rester sur le marché. Proposition trois : ces deux voitures — Paule fit défiler les photos de la 4 L fourgonnette et de la 403 — sont les voitures de mon ami Justin. Le moteur est impeccable, mais l'intérieur notamment celui de la 403 est abîmé. Justin a dû le rafistoler pour que je puisse venir avec.

– Vous êtes venue en 403 ? s'exclama Sylvain Beaufort.

– Oui, Justin ne voulait pas que je vienne avec la 4 L fourgonnette il trouvait que ce n'était pas à la hauteur de l'importance du rendez-vous.

– Parce que vous roulez en 4 L fourgonnette ? s'étrangla le directeur adjoint.

– Ben oui. Ma voiture est tombée en panne.

– Quel est le rapport avec nous ? s'agaça le directeur adjoint.

– Nous ne savons pas où trouver l'équipement intérieur de ces deux véhicules.

– Mais pourquoi voulez-vous… Ce sont des antiquités !

Sylvain Beaufort se retourna violemment.

– Tu rigoles là ?

– Enfin Sylvain, on ne va pas se mettre à construire des 4 L !

– Construire non, reprit posément Paule, mais fournir des pièces détachées pour les collectionneurs, si.

Quand elle constata que l'information faisait son chemin, Paule enchaîna.

– Le marché est peu occupé. Soit vous partez des pièces d'origine pour en fabriquer de nouvelles à la demande ; soit vous fabriquez les pièces d'origine et vous les mettez en vente. Une 403 en parfait état peut aller jusqu'à cinquante mille euros à la vente. Vous pouvez aussi récupérer des voitures anciennes...

– Et les remettre à neuf pour les vendre ! lâcha Sylvain Beaufort.

– Aussi.

– Si on veut « retaper », commença Vanille, il nous faut des professionnels et ça se paie.

– Pensez-vous, affirma Paule. Il vous faut des passionnés.

– Des passionnés ?

– Oui, des mécanos, un garage qui soit prêt à se lancer dans l'aventure. Il trouve ou vous trouvez la carcasse, vous dit de quoi il a besoin, vous réalisez les pièces. Ou alors, vous créez un site sur lequel vous proposez vos équipements refaits à neuf.

– Je préfère l'idée du garage, dit Sylvain Beaufort tout en réfléchissant.

– Encore faut-il le trouver ! se permit le directeur adjoint dubitatif.

– C'est pour cela que Madame Maréchale de Saint-Jean est là ! N'est-ce pas ?

Elle acquiesça.

– Avant de s'engager, il nous faut en parler au chef de service. Pour voir ce qui est possible. Madame Maréchale de Saint-Jean, je sais que ce n'était pas prévu, mais pouvez-vous commencer à établir un plan, un projet avec Vanille cet après-midi ? Je demanderai à ce qu'on vous réserve une chambre à l'hôtel.

– J'ai déjà réservé une chambre.

– Vraiment ? s'étonna Monsieur Beaufort.

– Oui. J'ai prévu de petit-déjeuner avec mon ancien professeur de l'école de commerce.

– Formidable ! Bien évidemment, vous êtes mon invitée ce soir. Je vais prévenir ma femme et nous papoterons autour d'un bon repas. Vanille, pouvez-vous… ?

– Je vais rester avec Madame Maréchale de Saint-Jean et on va commencer de travailler.

– Mesdames, merci. Franck, allons voir les chefs de service, ça me donnera une première approche. Vanille vous donnera mon adresse personnelle et nous nous y retrouverons, comme ça, vous pourrez passer à votre hôtel avant. À tout à l'heure, vingt heures ! cria presque le directeur de l'entreprise en claquant la porte.

– Bon, ben, allons-y, fit Vanille. Je vous offre un café ?

– De l'eau fera l'affaire.

Les deux femmes travaillèrent tout l'après-midi afin de concevoir l'ossature du projet : pour qui ? comment ? combien ? quoi ? Lorsqu'elle quitta l'entreprise, Vanille était lessivée. À vingt heures, Paule se présenta chez les Beaufort et fut accueillie par la maîtresse de maison. Petite femme rondelette à la crinière maîtrisée par un savant chignon.

– Paule ?

– Oui.

– Soyez la bienvenue ! Je vous appelle Paule, hein ? Parce que moi, les chichis, ça ne me va pas. Et vous pourrez m'appeler Chantal. Entrez, entrez, mon petit. Mi casa est je sais plus quoi, mettez-vous à l'aise.

Un sourire éclaira le visage de Paule.

– Sylvain !

– Me voilà ! lança son mari déposant sa tablette. Je surfais à leur recherche de photos de 403.

– Voulez-vous essayer celle de Justin ? demanda Paule.

Il regarda sa femme l'œil gourmand.

– Allez-y ! Ça me laissera le temps de préparer l'apéritif.

– Tu ne veux pas voir la 403 ? fit-il un peu dépité.

– Bon, très bien, allons voir la 403. Je ne sais même pas de quoi il parle, soupira-t-elle faussement ennuyée. Ah oui quand même, dit-elle une fois devant l'objet du délit. Vous êtes allée sur l'autoroute avec ? s'inquiéta Chantal.

– Non, j'ai pris le réseau secondaire. Je dois faire attention à la motorisation.

– C'est moins pratique en cas de panne, remarqua Monsieur Beaufort.

– Certes, mais j'ai mon joker : oncle Raymond.

– Oncle Raymond ?

Paule raconta, pendant que Sylvain Beaufort inspectait le véhicule, qu'oncle Raymond était le frère aîné de sa maman, qu'il était retraité de la marine marchande pour laquelle il avait travaillé comme mécanicien toute sa vie.

– Un homme solide, commenta Chantal Beaufort.

– Très. Il est mon parrain. Fort en gueule comme on dit, mais le cœur sur la main. Surtout pour moi.

– Ça, c'est bien, apprécia Chantal Beaufort. La famille, c'est sacré.

Paule apprit que les Beaufort avaient trois enfants, un garçon et deux filles, tous à l'étranger et trois petits-enfants qu'il voyait peu à leur goût ; elle apprit également qu'ils appartenaient à une grande fratrie. Neuf filles du côté de Chantal et cinq garçons du côté de son mari. Deux sœurs de Chantal étaient devenues religieuses, l'une chez les Ursulines et l'autre chez les Carmélites tandis que Sylvain avait un frère décédé d'un cancer du pancréas. Après l'apéritif, Paule se sentait comme à la maison.

– Écoutez, Paule, lui dit Chantal alors qu'elle la raccompagnait, avant de repartir, passez au salon. Vos cheveux sont magnifiques, mais ils ont besoin d'une coupe.

– Chantal ! s'offusqua son mari.

– Bien volontiers ! accepta Paule. Il est vrai que depuis… Bref ça fait longtemps.

– Ah ! Tu vois !

Chantal lui donna l'adresse et fut très heureuse de la voir entrer dans son salon le lendemain à 14 heures.

– Zoé ! Zoé ! Je vous confie Madame pour le shampooing. Quand elle sera prête, vous m'appellerez et nous commencerons ensemble sa coupe. Et vous, dit-elle à l'adresse de Paule, si ça ne va pas vous le dites tout de suite !

Paule se laissa conduire jusqu'au bac et s'abandonna en toute confiance aux mains de Zoé. Cette dernière se creusa un peu la tête avant de commencer à couper afin de déterminer ce qui conviendrait le mieux à Paule. Elle taillait dans la masse de cheveux de Paule depuis à peu près dix minutes quand sa cliente se baissa soudainement pour récupérer le chat blanc qui miaulait à ses pieds.

– Et merde !

– Zoé ! s'offusqua Chantal Beaufort.

– Non, mais c'est moi, s'excusa Paule, je viens de bouger.

Zoé regarda Paule

– Vous n'avez rien contre le court ? Parce que là, ça va être court si je veux récupérer ma boulette.

– Je vous fais confiance, c'est de ma faute si vous êtes obligée de recommencer donc faites au mieux, cela ne sera pas pire qu'à mon arrivée.

Zoé se concentra et se mit à tailler plus vite et plus court, tout en suivant les conversations des voisines de sa cliente qui s'extasiait devant ce chat blanc magnifique qui finalement se laissait caresser.

– Vous savez que ce chat vient au salon depuis plusieurs semaines et qu'il n'approche absolument personne, fit la voisine de gauche de Paule.

– Ça, c'est sûr, je m'y connais en chat, ajouta la voisine de droite, elle vous a adoptée.

Paule regarda le chat qui se mit à ronronner et à se coller à elle.

– C'est sûr, elle vous a choisie, il va falloir l'emmener.

– Et comment allez-vous l'appeler ? interrogea la voisine de droite actant l'acte d'adoption.

Paule observa avec attention la chatte et décréta qu'elle s'appellerait Émeraude. L'ensemble du salon poussa des cris d'enthousiasme en entendant le nom choisi. Lorsque Zoé posa les ciseaux pour prendre le sèche-cheveux, elle ne se doutait pas qu'elle allait créer un mini-bouleversement chez Paule. Une fois les cheveux secs et coiffés, elle leva les yeux sur le miroir, ouvrit la bouche et ne sut que dire. Zoé crut sa dernière heure arrivée quand un immense sourire s'afficha sur le visage de sa cliente. Presque quarante ans plus tard, Paule retrouvait sa coiffure d'enfant. Ce qui n'échappa pas à ses amis du Jura qui eurent l'impression d'avoir à nouveau devant eux la petite fille de six ans. Cette simple coupe de cheveux replongea Paule dans ses souvenirs, dans son passé heureux avec sa grand-mère ; cette simple coupe de cheveux fut source de larmes, mais aussi d'un petit morceau de joie qui s'incrusta tout au fond de Paule et qui commença à luire tout doucement. Titine fut davantage intéressée par la chatte toute blanche qui venait de faire son entrée dans la maison que par la coupe de cheveux de sa maîtresse. Les deux animaux se reniflèrent, se jaugèrent et s'adoptèrent. Il fallut un mois à Paule pour monter le dossier de Sylvain Beaufort, lequel le fit adopter par le comité de direction. Une semaine après cet adoubement, elle reçut un appel de Suisse lui demandant de bien vouloir prendre rendez-vous avec la DRH à Zurich. Paule, après entretien et étude de son dossier, obtint le poste d'analyse financier. Sa seule obligation en sortant de la banque était de trouver un local correct pour recevoir la clientèle, la maison de sa grand-mère ayant ses limites.

– Quelque chose qui donne confiance, qui met en valeur vos compétences dans un standing approprié et en adéquation avec ce que vous êtes, lui avait-on conseillé.

Paule avait écouté religieusement les saintes paroles et s'était dit que le monde de la finance n'avait pas changé d'un iota. Une fois son contrat signé et sa voiture remplie de dossiers à traiter, elle envoya sa démission à la direction générale de son établissement bancaire et commença à rechercher sérieusement un logement.

– Ben, mon vieux, fit Ernest dépliant son mètre quatre-vingt-dix pour sortir de la 4 L, si on m'avait dit que je roulerais de nouveau dans ce machin, je ne l'aurais pas cru.

– C'est cool, hein ?

– Attends que je me déplie, je te dirai après.

– Pff. N'empêche, elle roule bien.

– Alors ça, c'est vrai. En quarante ans, elle n'a pas bougé à part qu'elle a un peu rétréci, je trouve.

Les deux amis venaient de se garer rue des Aubépines[3] pour visiter un local qu'Ernest avait repéré sur Internet.

– J'espère que ce sera le bon parce que je commence à désespérer, dit-il en s'étirant. Ou alors c'est moi qui suis trop difficile.

– Non, les autres étaient mal agencés ou trop petits ou trop chers.

– Et toi, tu as vu des annonces pour un logement ?

– J'avoue avoir un peu négligé mes recherches, mes nouveaux patrons m'ayant confié trois dossiers pour lesquels ils attendent des résultats afin de se rassurer.

---

[3] N'existe pas à Dijon.

– En même temps, il vaut mieux que tu prennes ton temps. Cela te permet d'être au vert dans le Jura, d'entretenir la maison de Suzanne et de faire des économies. Parce que l'air de rien, l'immobilier n'a plus la même valeur que lorsque nous avons débuté.

Ils se dirigèrent vers le numéro dix de la rue des Aubépines et attendirent sagement devant la vitrine.

– On est en retard ? interrogea Ernest après quinze minutes d'attente.

– Non, en avance.

Paule et lui observèrent tranquillement les immeubles et les quelques commerces qui animaient la rue. Ils remarquèrent un garage du côté pair et un tatoueur du côté impair.

– Je dois reconnaître que je ne connaissais pas cette rue, mais je la trouve fort sympathique.

– Calme, ajouta Paule.

Un homme sortit précipitamment du magasin de tatouage. Un homme, plutôt une montagne. Crâne rasé et entièrement tatoué.

– Pardon, bonjour, vous êtes là pour la visite ?

– Absolument.

– Je me présente, Honoré. Je bosse au salon à côté et le patron a encore un tatouage à terminer. Il m'envoie donc vous ouvrir pour que vous commenciez de visiter seuls.

– Parfait. Moi, c'est Ernest Villorin et mon amie Paule Maréchale de Saint-Jean.

– Ravi. Le patron a laissé l'électricité, vous pouvez allumer et visiter à votre guise.

Honoré les laissa et retourna au pas de course au salon.

– Moi, j'aime bien, fit Paule qui arpentait les deux pièces principales.

Le local était composé d'un premier espace qui donnait sur un autre espace plus vaste à l'arrière ouvrant sur une cour intérieure agrémentée d'un peu de verdure. Ce deuxième espace donnait accès au logement de l'étage par une porte latérale. On accédait ainsi par un escalier assez étroit à un palier desservant deux pièces, la salle de bains et les toilettes et de l'autre côté la cuisine et une grande pièce à vivre dont la fenêtre avait vu sur le jardin.

– C'est plutôt spacieux, commenta Ernest.

– C'est parce que la maison s'étale sur deux étages, fit une voix derrière eux. Je me présente, Manfred, je suis le patron du salon de tatouage et le propriétaire de ce local. Je vous prie d'excuser mon retard, mais le choix du dessin avait pris plus de temps que prévu.

Ernest et Paule firent face à un homme de taille moyenne, entièrement tatoué et s'exprimant avec un accent allemand fort prononcé.

– Ernest Villorin et mon amie Paule.

– Enchanté. Vous cherchez un local dans quel but ?

– Je suis chapelier sur Paris et j'aimerais ouvrir mon atelier ici afin de me rapprocher de mon amie. Je continuerai de vendre à Paris et dans le reste de la

France, mais j'aimerais installer mon atelier de confection près de mes amis.

– Chapelier ?

Le ton admiratif n'échappa pas à Paule.

– Ici, nous avons juste un garage et mon salon de tatouage. La rue à côté a son épicerie, un l'atelier de confection donnerait de la valeur au quartier. D'autant, qu'avec la vitrine, vous pourriez également vendre vos modèles directement à la clientèle.

Manfred les accompagna pour une nouvelle visite et répondit à l'ensemble de leurs questions liées aux impôts locaux, fonciers et aux contraintes éventuelles de la rue.

– Cela me plaît vraiment, mais il me faudra d'abord faire les plans de mon atelier actuel pour voir si je peux avoir le même agencement. Me serait-il possible de faire une deuxième visite pour prendre les mesures ?

– Bien sûr ! Vous venez quand vous voulez, pas la peine de prendre un rendez-vous. Vous passez au salon et je vous prête les clés.

– Et si vous vendez entre-temps ? questionna Paule.

– Je vais d'abord attendre votre réponse et après je remettrai en vente. Vous êtes un artisan d'art, je ne vais pas rater l'opportunité de vous permettre de vous installer dans la rue !

Les deux amis sourirent et quittèrent le propriétaire qui repartit content. Ils prirent alors la décision de flâner dans les rues, histoire de voir les commodités du quartier, s'acheter un sandwich et c'est en retournant à la voiture qu'Ernest se leva les yeux sur la façade du cinq de la rue.

– Une sacrée bâtisse ! On dirait du Haussmann. Ce serait bien que...

Il ne termina pas sa phrase et dégaina son téléphone sur lequel il composa un numéro.

– Bonjour, Madame. Pardonnez-moi de vous importuner, mais je me trouve dans la rue des Aubépines et je viens de voir votre annonce. J'aurais aimé savoir de quoi il retournait exactement.

Paule regardait, quelque peu étonnée, son ami quand elle leva les yeux sur la façade. Une pancarte annonçait la location d'un bureau.

– Ah, mince. Mon amie n'est pas du tout dans le secteur médical. Elle est dans la finance. Tu as besoin d'un bureau pour faire quoi ? lui demanda Ernest.

– Recevoir ma clientèle.

– Elle en a besoin pour recevoir sa clientèle. Oui, pourquoi pas, même si je vous le répète, elle ne fait pas dans le médical. Mais si vous voulez, nous sommes juste en bas de l'immeuble. Parfait, nous arrivons.

Il raccrocha expliqua à Paule que c'était un bureau dans un cabinet médical et que la personne qu'il avait eue au téléphone leur proposait malgré tout de visiter.

– Après tout, cela pourra te donner une idée de ce que tu veux.

Ernest allait appuyer sur la sonnette quand la porte s'ouvrit soudainement devant lui laissant place à une jeune femme d'origine antillaise.

– Bonjour, c'est vous que j'ai eu au téléphone ?

– Oui, Madame. Ernest Villorin et mon amie Paule qui cherche un bureau.

– Enchantée, Victorine Théophile. Entrez.

– Qu'est-ce qui se passe ? cria une voix peu amène dans le fond du hall.

– Bonjour, Madame Renée. Ce sont des visiteurs pour mon annonce.

– Ah oui ? cracha ladite Madame Renée. J'espère que ce sont les bons parce que j'en ai assez de repasser derrière vos visites, sans compter celles du sixième !

Elle tourna les talons et les planta là.

– Charmante femme, ironisa Ernest.

– Ne lui prêtez pas attention. Elle est très agressive, mais l'immeuble est d'une parfaite propreté.

Paule et Ernest laissèrent leurs yeux courir partout dans le hall et admirèrent l'ascenseur à traction à câbles qui trônait majestueux au centre du hall. Un escalier magistral s'enroulait autour de ce dernier et desservait l'ensemble des étages.

– C'est beau, n'est-ce pas ? commenta Victorine Théophile.

– Je reconnais que oui.

– Venez, on va au premier.

– Vous savez, je ne pratique pas de métier…

– Oui, je sais, mais chez moi on dit « ce n'est pas lorsque tu as faim que tu dois commencer à cuire ton repas ». Autrement dit, il faut profiter des opportunités. Cela fait plus de deux ans que mon confrère et moi cherchons un troisième partenaire. En vain. Venez, entrez. Le samedi après-midi, le cabinet est fermé, c'est donc une chance que vous soyez venus aujourd'hui. Vous pourrez ainsi pleinement apprécier les espaces. Donc, ici à gauche quand on entre c'est la salle d'attente, plutôt classique comme vous le constatez. L'accueil est en face à droite. La porte à gauche, c'est mon espace et quand on suit le couloir la porte à droite est celle de Nathanaël, mon confrère. Sur la gauche, nous avons installé un mini-laboratoire. Le bureau que nous souhaiterions louer est celui qui est juste au bout du couloir.

Elle ouvrit la porte et laissa passer ses visiteurs. Ernest et Paule entrèrent dans une très vaste pièce aussi bien en largeur qu'en hauteur, Ernest ayant estimé les plafonds à presque 2,80 m. Sur leur droite, une porte ouvrait sur un espace plus restreint, mais dont le volume était fort appréciable. Les très hautes fenêtres donnaient sur la rue.

– C'est vraiment très grand, remarqua Ernest. À mon avis, tu aurais de quoi te faire un très beau bureau ici. Sans compter que c'est très lumineux, on ne croirait jamais quand on voit que les fenêtres donnent sur la façade de l'immeuble en face.

– Je dois reconnaître que le volume est impressionnant.

– C'est parce que nous avons abattu une cloison pensant avoir très rapidement un troisième médecin avec nous.

Paule scruta chaque recoin, passa d'une pièce à l'autre, fit le tour de la pièce principale, puis se tourna vers Victorine.

– Quel est le montant du loyer ?

– Mille euros, charges comprises.

– C'est honnête. Mon problème est que je suis analyste financier.

– Je ne savais pas que c'était un problème, s'amusa Victorine Théophile.

Paule sourit.

– On ne peut pas dire que ma clientèle aura beaucoup d'atomes crochus avec la vôtre. Je pense aussi à votre secrétaire, qui va devoir jongler entre les rendez-vous médicaux et mes clients.

– Diane est très ouverte d'esprit, je suis sûre qu'elle pourra s'adapter.

– Certes, mais quand les gens viennent dans un cabinet médical, ils ne s'attendent qu'à voir des médecins. Un analyste financier au milieu d'un proctologue et d'une gynécologue, la logique est quelque peu étrange.

– Au contraire ! Nous serons dans l'originalité !

– Regarde, Paule, reprit Ernest. Imagine-t-on bureau ici, en plein milieu, un bon gros tapis épais au sol ; des fauteuils confortables ; des étagères sur les murs ; une pièce pour classer tes dossiers. Et surtout, le style de l'immeuble. Imparable. Si on enlève, bien évidemment, cerbère, ça en jette. Et c'est ce qu'il te faut. Si tu vas dans le centre-ville, le loyer va tripler et si tu t'éloignes tu n'auras pas la même qualité.

– Monsieur a raison. Il est vrai que notre association serait quelque peu étrange, mais vous avez ici un très bon environnement de travail, pour une somme modique.

– Et en plus, ajouta Ernest enthousiaste, on sera voisin !

– Moi, à votre place, je me lancerais, fit une voix masculine à l'oreille de Paule.

Cette dernière sursauta violemment.

– Un souci ? s'inquiéta Victorine.

Blême, Paule fut dans l'incapacité de répondre.

– Paule ? Chérie, ça va ? Paule ?

Elle alla s'appuyer contre le mur et prit une grande inspiration. Inquiète, elle laissa son regard errer dans toute la pièce, puis ne semblant pas trouver l'objet de son inquiétude, elle se rasséréna.

– Pardon, fit-elle, j'ai cru… Rien. Ça va.

– On va aller prendre l'air, ça te fera du bien. Tu travailles beaucoup trop.

Ils sortirent sur le palier.

– Je suis navrée, fit Victorine contrite.

Elle ne finit pas sa phrase constatant que Paule fixait, livide, le palier intermédiaire supérieur. Une vague de convulsions submergea sa visiteuse l'obligeant à s'asseoir sur les escaliers.

– Elle panique, souffla Victorine à Ernest, est-ce qu'elle a un traitement ?

Il haussa les épaules, impuissant. Victorine prit le sac à main de Paule, l'ouvrit et trouva le Bromazépam. Elle retourna à l'intérieur du cabinet et revint avec un verre d'eau. En quelques minutes, la crise de Paule s'était amplifiée à tel point qu'il lui fut difficile d'avaler le comprimé qui lui était donné. Ernest et Victorine attendirent que le corps s'apaise, puis ils raccompagnèrent la jeune femme jusqu'à la voiture.

– Je suis navrée vraiment si j'ai fait ou dit quelque chose…

– Non, non, ne vous inquiétiez pas. C'est de ma faute. J'en demande beaucoup à Paule. Elle vient de changer de travail, moi je la bassine à trouver un autre logement alors que…

Il soupira.

– Pourquoi la dame elle pleure ? fit un petit garçon qui venait d'arriver juste derrière Victorine.

– Je l'ignore mon chéri, elle ne doit pas vivre une période facile ou alors elle travaille trop. Les gens dans la finance tu sais ne s'arrêtent jamais et maintenant peut-être est-elle épuisée.

– Et bien, j'espère que ce n'est pas grave. Parce que moi je l'aime bien.

Victorine regarda avec un air surpris son fils.

– Mais tu ne la connais pas !

– Mais je l'aime bien quand même.

Victorine regagna le cinquième étage où elle habitait avec son mari et son fils Gédéon en se demandant bien comment son petit garçon pouvait aimer quelqu'un qu'il venait juste d'entrapercevoir. Elle haussa les épaules en se disant que c'était une lubie d'un petit garçon de cinq ans. De retour dans le Jura, Paule se coucha laissant le pauvre Ernest seul avec sa carcasse. Se sentant coupable, il appela Antoinette afin de s'excuser d'avoir fait pleurer Paule.

– Mais non mon grand, le rassura cette dernière, Paule est très fragile en ce moment. Il est possible que le logement lui ait rappelé Noémie ou qu'elle soit tout simplement au bord de l'épuisement et qu'elle n'arrive plus à se contrôler. Mais ce n'est en aucune façon ta faute. Cela fait beaucoup de changements en très peu de temps. Paule a sans doute du mal à les accepter.

– Ça va, gamin ? lança doucement une voix depuis la porte d'entrée.

– Ah ! Colonel ! Non ça ne va pas. J'ai fait pleurer Paule.

– Allez, viens manger avec nous, tu vas nous raconter. Laisse Paule dormir, elle ne risque rien, il y a Titine.

À son réveil le lendemain, Paule trouva Ernest méditant en compagnie du docteur Morgenstern devant un plan.

– Paule ! Pardon, pardon, pardon.

– Ernest, de quoi parles-tu ?

– D'hier !

– Mais arrête ! Tu n'es pas en faute. C'est moi qui ai un problème à résoudre.

– Mais, je...

– Ernest, je te promets que je suis mon propre problème. Bonjour doc !

– Madame Maréchale de Saint-Jean.

– Il reste du café ?

– Non, je crois bien que le doc et moi, nous avons tout fini.

– Vous regardez quoi ? dit-elle tandis qu'elle se dirigeait vers la cuisine.

– Le plan de mon local. J'essaie de visualiser.

Paule jeta un œil distrait sur le plan, puis un esse en main, elle se dirigea vers son ordinateur et commença à consulter la bourse. Prenant un bloc, elle se mit à noter fébrilement les informations qui lui apparaissaient.

– Salut ! Les jeunes ! chanta Pierre en entrant.

– Bonjour Monsieur de Saint-Jean, répondit Ernest.

Pierre allait embrasser sa fille quand il remarqua le visage concentré qui était le sien.

– Elle compte ? interrogea-t-il.

– Je l'ignore, mais en tout cas elle aligne les chiffres, répondit Ernest.

Pierre hocha la tête en signe de contentement et rejoignit les deux hommes devant le plan. Sa femme fit alors son apparition avec une énorme gamelle de couscous dans les mains.

– Couscous !

– Chut ! lui fit son mari, Paule compte.

Antoinette regarda sa fille et sourit. Elle se dirigea vers la cuisine pour finir de préparer le repas.

– C'est quoi cette histoire de « Paule compte » ? chuchota le médecin intrigué.

– Quand Paule est en colère, ou angoissée, ou que quelque chose ne va pas, depuis toute petite, elle se met à compter et se calme au bout de quelques instants.

Le médecin observa Paule, interloqué.

– Allez, Messieurs, ce n'est pas tout ça, mais il faut préparer le couvert. Le colonel et Geneviève vont arriver ainsi que Justin et Marie Simone.

– Bien, je vous laisse…

– Ah ! Non, non, non. Vous nous ferez l'honneur de partager notre repas, rouspéta Antoinette. J'en ai fait pour nourrir au moins un régiment !

– Je ne vous force pas, mais à votre place, je resterais, lui conseilla Ernest. On est dimanche. Et le dimanche, Paule fait le café.

Le médecin haussa un sourcil.

– Le café du dimanche ! C'est sacré, professa Ernest.

– Dans ce cas…

Tout le monde était autour de la table, verre à la main, quand ils entendirent Paule parler en anglais.

– Mais elle travaille ! Je croyais qu'elle comptait ! murmura le médecin.

– Vous voyez là les effets des chiffres sur Paule. Ses angoisses ont disparu et elle agit comme si de rien n'était.

Le docteur Morgenstern prit le temps d'envoyer, le soir, un SMS au docteur Vallin afin de lui raconter l'effet des chiffres sur Paule et de partager avec elle son inquiétude quant à cette capacité d'oubli.

– Il est bien que les chiffres l'apaisent, raconta-t-il, mais c'est leur côté éphémère qui m'inquiète. Paule a agi tout au long du repas comme si elle n'avait pas eu de crise la veille. Or celle-ci, d'après ce que j'ai compris, avait été conséquente.

Le docteur Vallin le remercia de ces informations et le rassura en lui expliquant qu'elle n'était pas dans un système de défense, mais qu'elle était dans la phase d'acceptation et qu'il semblerait que sa gestion se fasse d'une façon plus particulière que pour la majeure partie des patients.

– Il faut que Paule accepte l'absence de sa fille et surtout accepte l'idée qu'elle puisse continuer de vivre sans elle et que cela l'autorise aussi à connaître des moments de joie. Elle s'est enfermée dans l'idée que la chance n'avait plus le droit de s'adresser à elle et que le malheur devait être son lot. Cette phase de transition est particulièrement douloureuse pour elle parce qu'elle a l'impression de trahir sa fille et d'agir en mauvaise mère.

La patiente et la thérapeute eurent leur entretien le jeudi. En plein milieu de la discussion, Paule s'arrêta soudainement. Quelque chose venait, elle sentait, quelque chose en lien avec ce qu'elle venait de dire, mais ce fut tellement fugitif que cela lui échappa. Elle ressentit une grande frustration qu'elle partagea avec le docteur Vallin.

– Je sais que pour vous c'est difficile, Paule, mais je trouve cela encourageant parce que cela veut dire que votre mémoire est en train de s'éveiller. Cela veut dire également que les clés qui vous manquent vont apparaître au moment où vous vous y attendrez le moins.

– C'est tellement frustrant ! C'était là, juste au bord des lèvres, juste là !

– N'essayez pas de chercher Paule. Laissez les choses venir.

Le cerveau humain est un organe si complexe que même l'être humain s'y perd. Équipé de son propre système d'autodéfense, il peut offrir à son propriétaire la possibilité d'entrer en résilience, de s'approprier le choc émotionnel, de le comprendre, tout comme il peut être un frein protecteur à la découverte d'une vérité. Cette nuit-là, pendant son sommeil, le souvenir si fragile de l'après-midi ressurgit, plus clair et à la fois plus obscur. Son rêve l'emporta dans l'épicerie de ses parents. Elle portait les courses de Madame Sanson, malade depuis quelques jours. Elle se dirigeait chez elle. La fille de Madame Sanson avait laissé les clés à l'épicier afin de faciliter la livraison si jamais sa mère ne pouvait se lever. Son rêve lui fit mettre la clé dans la serrure. Elle se vit appeler la vieille femme plusieurs fois avant de se décider à aller dans la chambre. Paule se réveilla brusquement. Angoissée. Elle respira profondément, afin de faire baisser les battements du cœur, puis fébrilement elle prit son téléphone et lança l'application 2048. Elle se mit à jouer pour se calmer. Les chiffres eurent leur effet habituel et une fois maître d'elle-même, elle envoya un SMS à son père. À sa grande surprise, il la rappela dans la minute. « Insomnie », dit-il en guise d'explication. Elle lui demanda alors s'il s'était passé quelque chose entre elle et Madame Sanson, quelque chose de négatif, d'inavouable. Est-ce qu'elle lui avait volé de l'argent ? Est-ce qu'elle avait été méchante avec elle ? Son père, intrigué et inquiet, l'interrogea sur les raisons de ces questions. Elle ne sut que répondre à part que peut-être un événement du passé refaisait surface et elle n'arrivait pas à mettre le doigt dessus. Son père réfléchit un instant puis finit par lui avouer que lorsqu'elle avait dix ans, elle avait trouvé Madame Sanson morte chez elle dans son lit.

– Je m'en veux beaucoup, depuis toutes ces années, confia son père. Je ne pouvais pas lui apporter ses courses et c'est toi qui es allée chez elle. C'est toi qui l'as trouvée. Je m'en veux terriblement, parce que ce n'est pas un spectacle pour une enfant.

Paule resta un long moment silencieuse.

– Je n'arrive pas à me souvenir.

– Tout ce que je peux te dire, c'est que tu l'as trouvée et que tu as appelé sa fille. J'ignore comment tu as pu, à l'âge de dix ans, avoir ce réflexe-là, mais c'est ce que m'ont dit les policiers quand ils t'ont ramenée.

L'esprit de Paule était parti dans le passé à la recherche de ce moment, mais sans le trouver. Quand ils raccrochèrent, elle se rendormit plus sereine, mais frustrée. Il lui fallut encore attendre trois jours pour que sa mémoire se déverrouille. Trois jours et les miaulements d'Émeraude en pleine nuit. Ces derniers éveillèrent les images : Paule était entrée dans la chambre et elle avait vu Madame Sanson sur son lit. La mort faisait son œuvre. Paule se réveilla en sursaut. Elle était là ! À côté d'elle-même ! Il y avait le corps de Madame Sanson dans son lit et il y avait Madame Sanson à côté de ce même lit. Elle semblait assise sur le fauteuil, auréolée d'une sorte de brume.

– Bonjour, ma petite Paule, lui avait-elle dit. N'aie pas peur, mon tout-petit. Je t'attendais. Je voudrais que tu préviennes ma fille et je ne voulais pas partir sans t'avoir dit au revoir. Je ne voulais pas partir sans voir un visage ami. Je suis contente que tu me voies. Dis à ma fille que je l'aime et prends soin de toi, ma petite Paule.

Elle était partie. Une brise chaude et douce avait envahi la pièce et emporté la vieille dame.

– Je l'ai vue ! Je l'ai vue !

Paule se rallongea dans son lit et tenta de retrouver le sommeil. Mais en vain. Soudain, elle hurla sa douleur.

– Je l'ai vue ! Mais je ne vois pas Noémie ! Je l'ai vu, lui ! Pourquoi est-ce que je ne vois pas ma fille ! Rendez-moi ma fille ! Où est ma fille !

Le sommeil quitta Paule cette nuit-là laissant place à un vide immense. Mécaniquement, elle se lança dans les analyses chiffrées qui étaient attendues d'elle, mais sans trouver le moindre goût à quoi que ce soit. La journée, elle put donner le change, mais la nuit sa colère, ses angoisses et le manque infini de sa fille prenaient le dessus. Même l'aide du docteur Vallin fut de piètre efficacité. Comment aurait-elle pu partager avec elle la vision qu'elle avait eue de Madame Sanson ? Comment aurait-elle pu partager avec elle la vision qu'elle avait eue dans les escaliers du 5 rue des Aubépines ? Le docteur Vallin sentait bien que quelque chose clochait, quelque chose de plus grave que ne le laissaient entendre les mots. Elle craignit une rechute plus profonde et plus dangereuse et s'en ouvrit au docteur Morgenstern en lui demandant d'être particulièrement vigilant. Mais malgré toute l'attention dont elle fut l'objet, nul ne pouvait éviter le destin.

– Coucou ! chanta une voix d'enfant.

Paule se retourna et découvrit le petit Gédéon. Il l'avait reconnue alors qu'elle transportait sa caisse à outils vers le futur local d'Ernest. Alors qu'il allait traverser pour lui faire un bisou, une voiture débarqua à tombeau ouvert frôlant l'enfant. D'abord sous le coup de la vision, Paule resta un instant interdite, lâcha la caisse puis elle se mit à courir derrière la voiture en hurlant à l'assassin. Arrivée au milieu de la rue, voyant la voiture lui échapper, elle poussa un hurlement. Inhumain. Sa colère enfouie, ses angoisses, ses peurs, son sentiment de culpabilité, le manque, l'absence, la douleur, tout était dans ce cri. Elle hurlait sa douleur de mère, l'injustice et la cruauté. Elle hurlait l'intolérable, puis comme vidée de son sang, elle tomba à genoux sur l'asphalte en sanglotant. Honoré et Manfred, tous deux attirés par les bruits du dehors, ne savaient comment réagir. Justin, lui aussi, arrivait en courant suivi de Francis. Ils étaient venus mandatés par Ernest pour prendre les mesures précises du local afin de l'aménager selon les désirs du maître des lieux. Les cris de Paule les avaient alertés et ils couraient vers elle pour la protéger. Victorine Théophile arrivait, elle aussi en courant, prévenue par son fils qui s'était précipité au cabinet.

– Il a tué ma fille ! Il a tué ma fille, marmonnait Paule totalement hébétée. Il l'a tuée. Je veux ma fille. Je veux voir ma fille. Rendez-moi mon bébé.

– Docteur ? C'est Justin Bricard. C'est à propos de Paule.

Il laissa un message sur le répondeur et interrogea du regard Francis sur ce qu'il devait faire. Ce dernier se trouvait aussi désemparé que lui.

– Madame ? fit une douce voix. Madame ? Vous me reconnaissez ? Vous avez visité le bureau vide dans mon cabinet ? Vous vous rappelez ?

Mais Paule était inaccessible. Elle ne cessait de marmonner la même chose, se tordant les mains et se balançant d'avant en arrière. Victorine ne sut que faire et consulta du regard les deux hommes qui semblaient connaître Paule. Mais aucun ne semblait avoir la solution jusqu'à ce que Francis se décide à appeler le colonel. Ce dernier monta dans sa voiture et prit la direction d'Authumes afin de prévenir le médecin de la situation dans laquelle Paule se trouvait. Sur la gauche de Justin, une ombre apparue. L'homme qui s'était approché s'accroupit et, par des gestes d'une lenteur calculée, prit les mains de Paule. Doucement, il lui leva le menton et la regarda droit dans les yeux. Paule ne vit que cela : deux yeux gris acier. Rien d'autre.

– Émeraude, murmura-t-elle, Émeraude.

L'homme interrogea Justin du regard.

– Son chat. Chez elle.

L'homme, maigre, tatoué de la tête aux pieds, le visage taillé à la serpe aida Paule à se lever et la guida lentement vers une voiture.

– Honoré, passe-moi les clés et vous Messieurs, passez devant, je vous suis.

– Vous pouvez laisser le local ouvert, réagit Manfred, je fermerai.

Justin et Francis partirent seulement chercher leurs affaires et laissèrent tout en l'état. Alors qu'ils allaient monter dans la voiture de Francis, le petit Gédéon tira le bas de veste de ce dernier.

– Il faudra qu'elle pense à prendre son doudou en arrivant.

Puis il repartit vers sa maman. Tous regardèrent partir les deux voitures avec une certaine appréhension. Le hurlement de Paule avait réveillé bien des choses chez chacun d'entre eux et le silence qui suivit son départ fut des plus désagréables. Le trajet se fit dans le plus grand silence tout comme le fut l'arrivée à la maison. Jojo, Albert et Titine étaient au garde-à-vous devant la grille. Émeraude sauta dans les bras de sa maîtresse quand elle franchit le seuil de la maison et se cala contre elle quand elle se recroquevilla sur le canapé. Le chauffeur allait reprendre le chemin du retour quand il se retourna et s'adressa à Justin.

– Le petit a dit qu'il lui fallait un doudou.

Ce fut tout. Il monta en voiture et démarra.

– Bon, je prends le premier quart en attendant le médecin, lança d'une voix ferme le colonel.

– OK. Tu m'appelles pour que je vienne prendre le relais, fit Justin.

– Ça marche.

– Si vous avez besoin, je suis là.

– Merci, Francis.

Le colonel rapporta son barda et prit son premier quart. Le médecin fit une courte apparition à quinze heures et déclara que Paule était sous le choc. Le colonel dut raconter par le menu ce que Justin lui avait dit.

– Je termine à vingt heures. Je prendrai le relais. Cette nuit peut être cruciale, il faut donc que je sois là.

Le colonel acquiesça avec un certain soulagement non sans avoir auparavant rappelé au médecin qu'il était en dehors de ses heures de travail.

– Je ne raterai pour rien au monde une cafetière de café, s'amusa le docteur Morgenstern.

Le colonel sourit et se réinstalla en attendant le médecin. Lorsqu'il rentra chez lui, il raconta à son épouse non seulement ce qui était arrivé à Paule, mais surtout que le médecin avait pris sa suite, elle commenta simplement en disant « Il a surtout le béguin pour Paule ». Obtenant pour toute réaction un haussement d'épaules de son mari.

– Ça a été ? questionna Honoré en récupérant ses clés.

– Impeccable. Elle est bien entourée.

Il y eut un silence.

– Tu m'expliques ?

Honoré regarda son ami.

– De ce que j'ai compris, quelqu'un a tué sa fille.

– Saloperie.

– Ouais.

Les deux hommes se turent et se quittèrent après avoir fini leur bière.

– Qu'est-ce que tu fais ? demanda l'homme à la jeune mécano.

– Je regarde cette magnifique 4 L fourgonnette !

– Passionnant.

– LaSouris ! C'est une 4 L !

– Et tu as l'intention de la regarder pendant toute la journée ?

– Non. Mais j'ai bien l'intention de guetter le propriétaire.

Il regarda la plaque d'immatriculation et lui expliqua qu'il était inutile d'attendre le propriétaire puisqu'il venait de la ramener chez elle. Chloé, puisque tel était son prénom, ne pouvait s'empêcher de garder les yeux rivés sur la voiture. Elle semblait avoir une idée, mais tergiversait.

– On peut peut-être demander au patron si on ne pourrait pas la rentrer ce soir dans le garage afin d'éviter qu'elle ne soit volée.

LaSouris savait pertinemment que personne ne volerait la voiture, mais il avait finement compris les désirs de Chloé. Cette dernière se précipita dans le bureau du patron, qui lui-même se précipita pour voir la voiture et s'extasia devant. La 4 L de Justin trouva donc une place bien au chaud pour la soirée à l'intérieur du garage et reçut un toilettage de premier ordre de la part du patron, de Chloé et de LaSouris. Le docteur Morgenstern se présenta comme convenu après vingt heures. Marie Simone lui avait apporté de la paella et en avait profité pour vérifier le contenu des placards de Paule. Il trouva une liste de recommandations : les gâteaux sont dans le placard ; à l'étage, il y a la douche ; j'ai mis des serviettes propres ; le lit dans la chambre d'amis est prêt. Le tout couronné par un « tous nos remerciements et passez une bonne soirée ». Le médecin sourit devant tant de gentillesse et agit presque comme à la maison. Il se doucha, dîna, prit un café, emprunta un livre dans la bibliothèque et se cala dans le fauteuil de Suzanne. Il reçut l'appel du docteur Vallin qu'il avait alerté dans l'après-midi, narra l'épisode vécu par Paule dont il décrivit minutieusement les symptômes et écouta attentivement les instructions de la thérapeute. Il dormit comme un loir attentif malgré tout à la respiration de Paule. Au fil de la nuit, il constata que les marmonnements et les sanglots s'estompaient, signe d'un apaisement forcé ou réel. Au matin, il ne la réveilla pas, enjamba Titine, monta se laver, petit-déjeuna et céda sa place à Marie Simone, déjà sur le perron. En faisant le moins de bruit possible, celle-ci fit la vaisselle, remit du bois dans la cuisinière et s'installa, elle aussi, dans le fauteuil pour tricoter. Régulièrement, elle envoyait des SMS à Antoinette, Geneviève et Justin pour les tenir au courant de ce que faisait la petite. À midi, elle prépara un gratin de pâtes qu'elle laissa sur la table de salle avec le couvert prêt. Elle s'approcha alors du canapé et appela Paule.

– Chérie, le repas est prêt. Viens manger.

Elle réitéra sa demande, mais en vain. Devant un tel silence, elle osa appeler le médecin afin de lui demander conseil. Ce dernier lui dit de laisser dormir Paule, de mettre de l'eau à sa portée, mais surtout de ne pas la réveiller. Geneviève vint relayer Marie Simone au début de l'après-midi et contrairement à son amie qui avait passé la matinée à tricoter, elle passa l'après-midi à préparer une mousse au chocolat avec un biscuit de Savoie et à faire des mots croisés. Ce ne fut qu'au milieu de la nuit que Paule s'éveilla, poussée en cela par son chat qui lui mordillait les doigts. La bouche pâteuse, les cernes très prononcés, elle s'assit péniblement sur le canapé. Elle mit du temps avant de se rappeler où elle se trouvait et du temps à comprendre pourquoi elle était dans cet état. Fouillant la pièce du regard, elle aperçut le médecin dormant dans le fauteuil de sa grand-mère un large sourire aux lèvres. Elle eut soif, repérant le verre et la bouteille sur la table, elle voulut se lever, mais son corps s'y refusa. Titine donna un coup de patte au médecin qui se réveilla en sursaut.

– Hein ? Quoi ? Paule ? Est-ce que ça va ?

Elle montra l'eau. Il se précipita et vint s'asseoir près d'elle avec le verre et la bouteille.

– Tenez, buvez doucement.

Il lui plaça le verre dans la main et le guida jusqu'à la bouche. Après plusieurs gorgées, elle commença à se sentir un peu mieux.

– Vous avez encore besoin d'eau. Continuez de boire doucement pendant que je vais réchauffer votre repas.

Obéissante, elle avala plusieurs verres lentement sous le regard attentif d'Émeraude.

– Et voilà ! Un bon gratin de pâtes accompagné de coca et en dessert... Tadaa !

Malgré la fatigue, il perçut une petite lumière dans les yeux de Paule à la vue de la crème au chocolat. Elle mangea avec difficulté, mais suffisamment pour rassurer le médecin et réveiller ses papilles. Papilles, on ne peut plus satisfaites avec la crème au chocolat. Tout se fit sans paroles, mais dans la plus grande intimité. Une fois repue, elle se recoucha dans le canapé et le médecin fit de même dans le fauteuil. Il partit le lendemain matin de bonne heure et ce fut, une nouvelle fois, Geneviève qui prit le relais. Vers midi, Justin et Francis firent leur apparition.

– On a ramené la 4 L et en même temps les plans, lança joyeusement Justin. Où est la puce ?

– Sous la douche, elle vient de se lever. Vous déjeunez avec nous ? Marie Simone doit arriver.

– Ce n'est pas de refus. Bonjour, princesse !

Paule grimaça un sourire et apprécia que chacun gardât ses distances. S'il y avait une chose dont elle n'avait pas envie, c'était d'être touchée ou embrassée. En se dirigeant vers le canapé, son regard fut attiré par les plans que Francis et Justin avaient déposés sur la table. Cela lui rappelait vaguement quelque chose, mais elle n'arrivait pas à se rappeler quoi. Comme lisant dans ses pensées, Justin lui expliqua qu'ils étaient allés rechercher la 4 L et qu'ils avaient terminé les plans pour Ernest. Paule ouvrit alors des yeux où l'effroi se lisait. Elle se mit à trembler et Francis se précipita avant qu'elle ne tombât. Justin, affolé, appela le médecin qui répondit dans l'instant, étant entre deux rendez-vous.

– Donnez-lui un Bromazépam, ordonna-t-il.

Mais Paule refusa de l'avaler. Elle restait pétrifiée, fixant un point dans la pièce. Sa raison, son corps, plus rien ne répondait ; seule sa terreur était visible. L'ensemble des personnes présentes fut totalement désemparé à l'exception des deux animaux. Titine grognait vaguement tandis qu'Émeraude s'asseyait nonchalamment sur les genoux de Paule se mettant à ronronner en se frottant contre elle. Marie Simone, arrivée sur ces entrefaites, eut alors le réflexe le plus étonnant qui soit : elle se dirigea vers la bibliothèque, en sortit un manuel de physique de première S qu'elle ouvrit à une page au hasard. Elle attrapa un bloc qui traînait à proximité et demanda à Paule de faire ses exercices. La jeune femme ne semblant pas l'entendre, elle lui fit la lecture de la consigne d'un exercice. Puis d'un deuxième. Ce ne fut qu'au huitième que Paule sembla réagir. Elle tourna des yeux vides vers sa lectrice qui leva, alors, le manuel à la hauteur de son visage. Les yeux captèrent une formule, puis une deuxième jusqu'à ce que ses mains agrippent le livre, attrapent le bloc et que son cerveau se mette en marche. Pendant quatre heures, Paule enchaîna les exercices de physique sous les yeux ébahis de ses amis.

– C'est tout de même fortement impressionnant, remarqua Francis.

– Je me suis rappelée ce qu'Antoinette racontait quand Julien avait bien énervé sa sœur. Elle allait systématiquement compter les boîtes dans l'épicerie pour se calmer.

– Et bien, on pourra confirmer que c'est la vérité.

– Je n'aurais pas dû parler des plans, s'accusa Justin.

– À mon avis, c'est pas ça le problème, réfléchit Matthieu à haute voix. J'ai un peu surfé et j'ai appris que la mémoire traumatique agissait par flash et qu'une victime de traumatisme pouvait revivre inlassablement le passé sous forme épisodique et de façon inopinée. C'est ce que doit vivre Paule.

– Ce qui veut dire qu'on ne peut pas grand-chose à part la rassurer quand cela se produit, constata Geneviève.

Pendant ces quatre heures de travail, Paule ingurgita les tartines de pâté, du comté coincé dans du pain et arrosa le tout de coca. Elle mangeait par petites portions, mais elle se nourrissait ce qui rassura ses amis. Tandis qu'elle travaillait, ils s'installèrent pour jouer aux cartes, au Scrabble et papotèrent de tout et de rien sous le regard attentif de Jojo, Albert, Titine et de Émeraude qui observait avec un grand intérêt l'alignement des chiffres, des formules et autres crabouillis. Après quatre heures de détente, Paule leva les yeux, découvrit ses amis dans une partie endiablée de rami et son esprit échauffé par les exercices réussit à faire les connexions entre le passé et le présent. C'est donc d'une voix calme qu'elle demanda où étaient les plans. Surpris, ils ne surent au départ que répondre jusqu'à ce que Francis se lève et les lui tende. Justin avait fait des plans au un centième d'une perfection irréprochable. Il expliqua avec l'aide de Francis, les points positifs et les aménagements à envisager. Quand ils eurent fini, Paule leur demanda les matériaux nécessaires à l'aménagement : combien de prises, de quel type, combien de mètres de fils électriques, etc. Petit à petit, la professionnelle qu'elle était échafaudait le coût des travaux, faisait le lien avec le prêt envisagé pour Ernest quand il lui manqua soudain une donnée. Paule se mit en quête de son téléphone que

Francis lui tendit se retenant juste à temps pour lui rappeler où et comment elle l'avait oublié.

– Ernest ?

– Oh ! Ma Paule ! Oui ! C'est moi !

Lui aussi s'arrêta juste à temps, juste avant le « comment tu vas » que le docteur Vallin avait conseillé d'oublier pour aider Paule à se reprendre. Paule lui expliqua qu'elle était en train de regarder les plans avec Justin et qu'elle avait besoin d'une précision quant à ce que souhaitait réellement Ernest. Elle lui envoya une photo et lui demanda de regarder si le plan convenait. En attendant la réponse de son ami, elle bougea les documents et découvrit un autre plan. Un peu penaud, Justin lui expliqua que c'était le plan du bureau qu'elle avait visité. Paule déplaça la feuille pour observer le dessin.

– C'est vaste, on dirait, constata Geneviève par-dessus son épaule.

– Oui. Ce qui est gênant et que c'est un cabinet médical.

– Et alors ? demanda Matthieu.

– Et alors, je peux difficilement recevoir ma clientèle dans un cabinet rempli de femmes enceintes.

– Ben, ça dépend, osa Francis.

– De ?

– Ça dépend de comment tu organises ton bureau. C'est vrai que de prime abord, la finance dans un cabinet médical, ça détonne. Mais en fait, ça cadre bien avec l'immeuble. Si l'on excepte la concierge fort peu aimable, l'entrée, l'escalier, l'ascenseur, ça en jette. Le client, il est mis dans le bain dès le départ.

– Sans doute, il n'en demeure pas moins que la salle d'attente et l'ensemble du cabinet restent médicaux.

– Et si tu louais ce bureau en attendant de trouver mieux ? proposa Marie Simone toujours très pragmatique.

– Elle a raison, confirma Geneviève. Rien ne t'oblige à y rester à vie.

– Sans compter, ajouta Francis, qu'on peut très bien aménager la salle d'attente pour en faire quelque chose de moins médical.

– Mais oui ! s'exclama Marie Simone. J'ai tout un tas de magazines de décoration, je suis sûre qu'en s'y mettant avec Geneviève et Antoinette, on te trouvera des idées de décoration que les médecins accepteront.

– Et voilà ! Si tu modifies la salle d'attente, tu fais disparaître le malaise éventuel.

Paule sourit.

– Très bien. Admettons. Comment organiser la pièce ?

– Tout dépend de ce dont tu as besoin.

Paule énuméra l'essentiel et le superflu et tandis qu'elle parlait, Justin et Francis crayonnaient le plan.

– Et voilà !

Tout comme pour Ernest, elle fit la liste des matériaux, du coût. Entre-temps, Ernest rappela et approuva les plans qui avaient été dessinés. Paule retira dans le coût général l'intervention de Francis, électricien de métier et celle de Justin, les deux hommes refusant d'être mis à l'écart de l'aménagement des deux pièces.

– Demain, dit-elle à Ernest, je t'envoie le prêt que devrait te proposer la banque en tenant compte des travaux que tu as à faire.

Elle raccrocha et s'exclama tout fort qu'elle mangerait bien du chocolat. C'est alors que Francis se précipita dehors et revint avec une boîte de Kinder.

– C'est l'épicier du quartier, expliqua-t-il. On est allés chez lui pour s'acheter à manger et quand j'ai vu son panneau électrique, qui date de Mathusalem, je lui ai proposé de le lui changer. Il achète les matériaux et moi je les pose.

– Et on lui a dit qu'on ferait cela quand on viendrait pour les petits, compléta Justin, pour nous remercier, il nous a donné une boîte de Kinder.

– Pour les petits, termina Matthieu hilare. Des petits dont l'un dépasse 1,90 m !

– Trop cool ! fit une Paule gourmande.

– Attention, il y en a un pour Ernest.

– Oui, mais alors un seul, s'amusa Paule.

– Bon, les jeunes, fit le colonel, il est 18 heures, il est donc temps de laisser la petite tranquille.

Paule raccompagna ses hôtes quand elle découvrit la 4 L. Tout content, Justin lui expliqua que les deux mécanos du garage de la rue des Aubépines en avaient pris soin au point de la bichonner. Pensant avoir mal compris,

Paule fit répéter à Justin ce qu'il venait de dire. Un sourire, las, se dessina sur son visage.

– Je trouve indécent ce qui m'arrive, finit-elle par dire au docteur Morgenstern qui était venu dîner avec elle.

– Dites-moi.

– Je veux dire. Si j'applique les théories des opportunités d'Irina, je devrais saisir tout ce qui vient.

– Et ?

– Docteur, ça fait beaucoup : un nouveau travail qui me plaît, un bureau à louer dans une rue où comme par hasard se trouvent deux mécanos férus de voitures anciennes et comme par hasard mon principal client cherche un garage avec des mécanos férus de voitures anciennes.

Le médecin posa sa fourchette, termina de mâcher ses carottes râpées avant de répondre.

– Votre amie Irina a une très bonne théorie. Voyons les choses de mon point de vue. Je m'installe dans le Jura, peut-être inconsciemment ou non, pour contrer les ambitions de mon père à mon égard. Vous débarquez dans le Jura et je suis appelé à vous soigner. Pour le faire, je prends contact avec le docteur Vallin et je deviens son intermédiaire étoffant ainsi ma formation en psychologie. Depuis, je déguste un extraordinaire café et je partage votre dîner. J'ai même un peu vaincu ma peur des chiens à force de côtoyer Titine. Le colonel veut m'apprendre à chasser, Justin s'est proposé de revoir les huisseries de la maison où je loge, Marie Simone me dépose parfois de bons petits plats que je déguste avec un immense plaisir après une journée harassante. Est-ce trop selon vous ? Devrais-je refuser de vous côtoyer hors service, de renvoyer ses petits plats à Marie Simone, de laisser ma fenêtre tout de guingois et de dire à Justin de me laisser en paix ?

– C'est différent pour vous.

– En quoi est-ce différent ?

– Ce ne sont pas des opportunités.

– Alors là, il faut qu'on se mette d'accord sur le terme.

Paule se leva pour aller chercher la suite du repas. Un bruit de verre brisé retentit. Le médecin se leva précipitamment et trouva Paule au milieu de la pièce livide. « Un flash », pensa-t-il. Doucement, il s'approcha et la prit dans ses bras. Au premier contact, elle se raidit. De peur ? De terreur ? Puis se laissa faire, encouragée par la chaleur qui émanait du Docteur Morgenstern et par sa voix profonde et remplie d'affection.

– Je suis là, je suis là, Paule. Calmez-vous. Il ne vous arrivera rien. Je suis là.

Elle se laissa envahir par les mots, par la douceur des paroles, par la main sur les cheveux et la force de l'étreinte. Que doucement, elle se mit à rendre.

– *Je suis désolé.*

Paule fit le geste de quitter brutalement les bras du médecin, mais celui-ci maintint sa prise.

– Je suis désolé. N'ayez pas peur. Je ne sais pas comment vous dire. Je veux dire, c'est la première fois. Pardon. Je ne voulais pas.

Paule se réfugia davantage dans les bras offerts comme si elle voulait se fondre dans ce corps protecteur.

– Je sais que vous avez peur, mais je vous en prie, ne me rejetez pas. Pas sans m'avoir écouté. C'est la première fois, vous comprenez. La première fois qu'on me voit. Je ne suis pas habitué. Bon d'accord, deux fois on m'a entendu, mais vu jamais. C'est nouveau pour moi. Je ne vous veux pas de mal. Je peux tout vous expliquer, si vous voulez.

Émeraude fit son apparition, sauta sur l'évier et vint miauler près de sa maîtresse.

– Vous voyez, votre chat n'a pas peur. Elle me voit et elle n'a pas peur. Les animaux n'aiment pas ceux qui nous veulent du mal, et là, vous constatez que vos animaux ne bougent pas.

Le docteur sentit Paule se détendre sans pour autant se détacher de lui. Il sourit et profita de cette intimité pour humer l'odeur de ses cheveux et son parfum. Il était heureux, là, au milieu de cette cuisine, la femme désirée entre les bras. Car il ne venait pas que pour le café, il le savait bien, mais parce qu'il aimait sa compagnie, celle de ses amis, mais la sienne surtout. Il aimait ce regard triste qui cachait une belle énergie ; cette chevelure ressuscitée par des coups de ciseaux malheureux ; cette humanité qu'elle dégageait ; il aimait sa douleur, sa fragilité. Il ignorait s'il en était amoureux, mais il pensait beaucoup à elle et il était très inquiet pour elle. Quand elle avait parlé de s'installer à Dijon, il avait reçu un coup. Ne plus la voir ni l'entendre eut été très difficile. Il savait que de toute façon, elle irait vivre là-bas, mais il avait besoin de temps pour se faire à l'idée. Il avait même envisagé de quitter le Jura pour la Côte-d'Or. Ce soir, il mit de côté ses contradictions et profita pleinement de la présence de Paule.

– Qu'est-ce qui vous tracasse ? osa-t-il enfin demander.

– Il y a trop de choses positives qui arrivent d'un seul coup.

– Et vous pensez que c'est parce que le pire va arriver ? Ou est-ce que vous pensez que vous ne le méritez pas ?

Il lui souleva le visage et la regarda droit dans les yeux.

– Paule Maréchale de Saint-Jean, vous avez eu votre lot, il me semble. Louer un bureau dans un endroit qui vous plaît n'a rien d'extraordinaire. C'est ce qui se passe lorsqu'on recherche un logement. Quant au garage, rien ne vous oblige à travailler avec eux. C'est une simple coïncidence.

Il avait un visage d'ange. Un visage perse comme ceux des fresques murales de Mésopotamie. Des cheveux ondulés épais, une barbe de trois jours bien taillée, des yeux marron qui la fixaient avec affection et un sourire ravageur. Paule le dévisagea longuement comme si elle le voyait pour la première fois.

– Je crois que j'aimerais bien manger la suite, fit-il malicieusement.

Elle lui sourit, se libéra de lui non sans lui avoir auparavant collé un bisou sur la joue. Il rougit comme un adolescent et la fin du repas fut teintée d'une aura intime à laquelle aucun des deux ne voulut mettre un terme. Ils débarrassèrent, firent la vaisselle et chacun rejoignit sa chambre. Avant de la laisser clore sa porte, il l'embrassa sur le front.

– Au fait, mon prénom, c'est Abe.

– Abe ?

– Oui. Contraction d'Abraham.

– Il vous va bien.

– Oui ? Mon père est persuadé que nous sommes les descendants d'une famille juive persécutée qui a changé de nom pour éviter l'extermination. Je vous parie qu'il n'y a pas plus de juifs dans ma famille que de zèbres à pois. Ça se trouve, on est des paysans originaires de la Creuse !

Il entra dans sa chambre en riant et Paule se coucha en souriant. Paule resta assise dans son lit les yeux ouverts, le sommeil ne semblant pas venir. Même son application 2048 ne la tranquillisa pas. Elle attendait, en fait. Elle ne savait pas quoi, mais elle attendait. Elle tressaillit quand elle entendit sa voix.

– Où est ma fille ? interrogea-t-elle angoissée.

– *Au paradis.*

C'était dit comme une évidence.

– Vous êtes mort, elle aussi et c'est vous que je vois.

– *C'est parce que moi, ce n'est pas pareil. Moi je suis mort par erreur.*

– Parce que ma fille, ça n'est pas une erreur !

– Ce n'est pas ce que je veux dire. Moi, je suis mort à cause des Parques. Elles se sont trompées. On ne meurt pas comme ça, poursuivit-il voyant qu'elle ne comprenait pas, on meurt parce que Morta a coupé le fil de vie. Moi, ce jour-là, elle s'est plantée de bonhomme. Et le problème, c'est que quand on est mort, on est mort. Y'a pas de service après-vente !

– Je ne comprends pas.

– Les Grecs les appellent les Moires, les Romains les appelaient les Parques. Elles sont trois. La première, Nona tisse la vie. La seconde, Decuma déroule la vie et Morta y met un terme. C'est comme cela que cela se passe. Le bon Dieu, quand il est arrivé, il a repris le personnel déjà existant. La mort, elle n'a rien à voir avec une faucheuse. C'est juste un coup de ciseaux sur un fil.

– Mais ma fille ? Pourquoi ?

– Les Parques, elles y sont pour rien. Le bon Dieu, quand il est arrivé, il a fait rédiger un premier livre, parce que c'était un peu le foutoir. Un livre des morts, un peu comme chez les Égyptiens. Dans ce livre des morts, il inscrit la date et l'heure de la mort de celui qui vient de naître. Pour la majeure partie des personnes, c'est ainsi que cela se passe. Quand on naît, le bon Dieu note à quel moment on va mourir. Et les Parques, tous les jours elles regardent le matin la liste de ceux qu'elles doivent appeler. Mais au fil des siècles, le bon Dieu, il a fait rédiger un deuxième livre. Le livre du destin. Il s'est rendu compte que les hommes avaient besoin de modèles, de gens exceptionnels et ces gens exceptionnels, ils doivent mourir en pleine possession de leurs moyens. Pour servir d'exemple. Pour devenir des idoles ou des trucs du genre. Sauf que, le bon Dieu il n'avait pas prévu que l'être humain pouvait être con comme un manche. Du coup, les Parques se trouvent avec un troisième livre. Et ça, c'est la mort qui échappe à Dieu. Cette mort-là, elle est donnée par les hommes, par cruauté, par connerie, par égoïsme. Ce sont ces morts-là qui sont les plus cruelles. Parce qu'elles sont injustes. Elles ne sont pas fondées. C'est ce qui m'écœure depuis que je suis mort. Parce que vous voyez, bon d'accord, Morta s'est plantée, mais on a fini par s'arranger, mais l'être humain, lui, il ne s'arrange pas ! Je suis mort en 1911, j'en ai vu des saloperies depuis cette date et ben ça ne s'arrête toujours pas ! C'est le connard du coin qui veut un héritage ; c'est l'abruti de service qui roule trop vite en ayant bu plus que de coutume ; c'est l'enfoiré avec un ego démesuré capable de déclencher une guerre juste pour montrer qu'il a le plus gros zizi ! Je ne sais pas toute l'histoire de votre fille, mais sa mort elle ne vient pas du bon Dieu. Le bon Dieu ne prend pas les enfants, sauf si la mort de l'enfant doit profondément changer quelque chose, quelque chose de nécessaire pour la société. Sinon, il n'en a pas besoin. Moi, vous voyez, quand j'ai débarqué là-haut et que j'ai découvert que je n'étais pas inscrit sur le livre des morts, j'ai rouspété, vraiment violemment, comme quoi c'était injuste, comme quoi les bondieuseries c'était bien de la connerie, etc., mais en vrai, quand je vois votre chagrin, je me dis que ce n'est pas grave si Morta s'est plantée. Je n'avais pas de famille, pas de femme, pas d'enfants, je vivais tranquille ma petite vie d'égoïste, donc ma mort n'a fait souffrir personne. J'ai vu trop d'horreurs depuis ma mort pour être encore en colère de cette erreur. Et pis, finalement, je ne m'en sors pas si mal que ça.

– C'est comment là-haut ?

– *Je ne saurais pas trop vous dire, parce que j'ai tellement gueulé comme un putois en arrivant, que j'ai un vague souvenir d'un hall d'accueil avec plein de gens et une hôtesse sympa, mais un peu dépassée. Elle m'a indiqué la direction du Paradis, je me rappelle m'en être approché, je me rappelle avoir ressenti un bien-être comme jamais je n'en avais ressenti, j'ai failli entrer et puis je me suis dit que merde bien, je ne devrais pas être là donc c'était à eux de me proposer autre chose. Alors, me voilà.*

– Ma fille est morte pour rien, finit par articuler Paule.

– *J'en ai peur. Ces morts-là sont dégueulasses.*

– Pourquoi le bon Dieu ne fait-il rien ! cria-t-elle presque.

– *Mais il fait, il fait, sauf que les hommes ne l'entendent pas. Il y a une armada d'anges gardiens partout, pour chacun, mais faut croire que l'humanité est sourde. Parfois, certains entendent, mais la majeure partie du temps ils sont sourds comme un pot.*

– Conseillés par le diable, murmura Paule.

– *Oh lui ! Il a bon dos ! Croyez-moi, l'homme fait le mal tout seul. Il n'a besoin de personne. Concupiscence, égoïsme, cruauté, avarice et j'en passe. Le bon Dieu, lui, il fait ce qu'il peut, mais y'a des jours, je suis sûr qu'il regrette sa création.*

Tous les deux se turent, ils méditaient sur eux-mêmes quand Abe Morgenstern fit son apparition dans la chambre.

– J'ai fait un cauchemar.

Paule se décala et le laissa prendre la place dans le lit. Il s'installa par-dessus les draps, se couvrit de la couverture et s'endormit aussitôt. Émeraude rouspéta parce qu'on lui piquait sa place, puis, en représailles, vint se caler contre le médecin.

– *Un cauchemar, c'est un comique*, fit la voix.

– Comment vous appelez-vous ?

– *Auguste Marchenoir. Pour vous servir.*

Un homme grand, en habit de soirée, chapeau haut de forme à la main fit son apparition. Paule le fixa avec intensité.

– Vos vêtements ?

– *Ah oui. Morta m'a coupé le sifflet au moment où je me rendais chez Willy. Vous connaissez ? C'était l'ami de Colette. L'écrivain. Ces soirées étaient truculentes et très recherchées.*

– Vous êtes écrivain ?

– *Ténor, mais comme ça ne me rapportait pas grand-chose, je jouais les nègres pour Willy. J'ai participé à la Môme Picrate entre autres. Willy, c'est un gars bien. Intelligent. Il nous faisait écrire pour lui et signait de son nom. Il a fait le coup à Colette, mais les deux ont fini par se crêper le chignon et la gloire est finalement revenue à l'auteur des Claudine.*

– Vous venez d'un bel univers.

– *Ah, je ne vous cache pas que l'époque des cabarets et des cafés littéraires, ça valait son pesant de cacahouètes. Je ne dis pas que ça n'existe plus, mais les écrivains aussi givrés que ceux que j'ai pu côtoyer, je n'en ai pas croisé des masses.*

– J'ai toute la collection des Claudine, dit Paule.

– *Alors ça, c'est de la bonne littérature.*

– C'est Madame Sanson qui me les a offerts. Madame Sanson et Monsieur Michelin. Ils m'ont offert des quantités de livres quand j'étais enfant.

– *Et je suis sûr qu'ils feront très jolis dans votre bureau.*

– Comment savez-vous ? Ah, oui, je suis bête.

– *Vous savez, je suis peut-être mort, mais je crois que si j'étais vivant je me sentirais heureux de vous parler. Vous êtes la première depuis que je suis mort à me voir et m'entendre. Je n'aurais jamais cru cela possible. Ça m'a fait un choc quand j'ai compris que vous m'aviez vu dans les escaliers.*

– Je ne vous cache pas que j'ai cru devenir folle.

– *Je veux bien vous comprendre. Est-ce qu'on peut continuer à se voir ou pas ?* demanda-t-il fort timidement.

Elle prit le temps de la réflexion, le regarda et se rappela que cette situation lui était déjà arrivée par le passé.

– Ma grand-mère disait toujours que d'un grand malheur pouvait naître un bonheur. Peut-être que le meurtre de ma fille est un point de non-retour à partir duquel je dois construire quelque chose de nouveau. Peut-être que sa mort injuste a un sens après tout. Je ne sais pas si je vais arriver à surmonter son absence, mais peut-être avez-vous votre rôle à jouer dans cette histoire.

Paule avait toujours été très cartésienne. Passé le moment de surprise, son cerveau, en totale autonomie, analysait, décortiquait les événements pour leur donner une réalité. Parler à un mort se traduisait par : c'est comme ça. Perdre sa fille, en revanche, n'était pas acceptable. Parce que Noémie était une enfant, parce que son assassin était libre. Parce qu'elle lui manquait terriblement. Cette douleur-là, personne ne pouvait la surmonter. Apprendre à vivre avec. C'est ce que Paule venait de saisir avec cette histoire de livres. Vivre avec le vide. Mais peut-être que ce vide le sera moins avec un mort. Sans le savoir, Auguste lui avait donné une clé d'appréhension de la situation, une clé pour accepter. La seule chose qui l'étonna était son absence de peur. Comme si parler à un mort était normal. Oui, c'est cela, comme si c'était normal. Elle haussa les épaules et s'allongea.

– *Il est tard maintenant, il est temps de dormir un peu.*

Le sourire aux lèvres, il la salua et s'effaça dans le mur de la chambre. Elle allait s'allonger quand son téléphone lui signala un appel de Bertrand.

– Ah Paule ! Je suis content que tu répondes, Ernest nous a dit que tu n'étais pas très en forme et Irina et moi on était inquiets.

– Tu ne dors pas ?

– J'ai une gastro. Et toi, je te réveille ?

– Non. Insomnie.

– Je vois. Et comment tu te sens ?

– Je ne sais pas si la comparaison est juste, mais j'ai l'impression d'avoir servi de punching-ball à tout un régiment.

– Je sais que ce n'est pas le moment, que demain les fêtes commencent, mais je n'aurais peut-être pas le temps de te rappeler.

– Les fêtes ? l'interrompit-elle.

– Noël, chérie, demain, c'est le vingt-quatre.

– Merde !

Bertrand sourit.

– Tu es impayable. C'est Paule, dit-il à la voix ensommeillée à côté de lui.

– Maréchal des logis, ce n'est pas une heure pour appeler ! grogna Irina. Mais je suis contente de t'entendre.

– C'est moi qui l'ai appelée, rectifia Bertrand.

– Mais tu es un gros malade ! Il est trois heures du matin !

– Je te rappelle que je passe mon temps aux toilettes.

– Amis de la poésie bonjour, commenta Irina. Je vais me rendormir et Bertrand va te raconter ce qu'il a à te raconter. Je t'embrasse très fort.

Un bruit de bisous successifs se fit entendre.

– Bon, puisqu'on ne dort pas tous les deux, voilà pourquoi je t'appelle. J'aurais besoin que tu me rendes un service.

– Je t'écoute.

– J'ai le directeur de Rothschild Suisse, enfin l'un des directeurs, qui aimerait gérer le portefeuille d'un client quelque peu récalcitrant. Une grosse pointure, mais insupportable. Il le veut en client, mais tous les analystes qu'il a envoyés se sont cassé le nez dessus. Ses analystes, lui et ceux des autres boîtes. J'aimerais que tu ailles voir et que tu essaies de convaincre le client d'entrer chez Rothschild Suisse.

– Quel est ton intérêt dans l'histoire ?

– Tu sais très bien que Rothschild France et Rothschild Suisse sont parfois en bisbille. En leur rendant service, je peux apaiser quelques tensions que nous sommes en train de vivre sur un dossier commun.

– Et qui te dit que le client voudra m'écouter ?

– Paule ! Nous avons fait nos études ensemble, que tu le veuilles ou non tu étais la meilleure d'entre nous parce que tu possèdes quelque chose que nous n'avons pas.

– N'importe quoi, le coupa-t-elle.

– Mais bien sûr, s'amusa-t-il. Tu n'as peut-être pas terminé première de la promotion, mais en revanche, tu détiens à un je ne sais quoi qui peut te faire décrocher la lune pour peu que tu t'en donnes la peine. Alors que moi, je dois travailler longtemps avant d'obtenir ce qui est très facile pour toi.

– Ce n'est pas moi qui suis chez Rothschild.

– Ce n'est pas moi qui ai refusé deux postes chez Rothschild. Tu sais très bien que si tu n'avais pas été enceinte et si tu n'avais pas fait ton choix de vie, tu serais à ma place à l'heure actuelle. La naissance de Noémie a été un bienfait pour toi et je serais bien égoïste de dire que ça n'a pas été un bienfait pour moi aussi. Ta fille a été un immense bonheur pour nous tous. Pour Ernest, pour moi qui ai eu la force de demander Irina en mariage le jour de la naissance de Noémie parce que je voulais vivre le même bonheur que toi, pour Irina qui a la chance extraordinaire de m'avoir pour époux.

Un grognement étouffé accompagna cette phrase.

– Et tu peux constater que ma charmante épouse écoute tout ce que je suis en train de raconter et est d'accord bien évidemment avec ce que je dis. Noémie a été un cadeau pour toi, elle t'a permis de te construire, de faire une jolie carrière et maintenant c'est moi qui ai besoin d'un service.

Paule resta un instant silencieuse et finit par dire qu'elle acceptait de rendre service à Bertrand, mais qu'elle ne lui promettait rien. Bertrand la remercia chaleureusement et raccrocha précipitamment pour aller satisfaire un besoin pressant. Paule mit son téléphone en mode vibreur s'allongea et finit par trouver le sommeil. Elle se mit à rêver confusément d'Auguste dans son bureau, d'ameublement hétéroclite et de toilettes qui fuyaient. À l'aube, le docteur Morgenstern commença à s'agiter dans le lit, pris sans doute en plein cauchemar. Des larmes perlèrent à ses yeux et certaines coulaient le long de ses joues sans pour autant le réveiller. Timidement, Paule agit avec lui comme elle le faisait avec Noémie : elle posa un baiser sur ses cheveux et lui parla doucement à l'oreille. Quand elle constata qu'il s'était apaisé, elle retourna à sa place et se rendormit. Malgré le peu de sommeil, Paule se leva de bonne heure totalement détendue. Elle jeta un œil au médecin qui dormait toujours et sortit de la chambre sans faire de bruits suivie des deux animaux. Elle prépara le petit-déjeuner, ouvrit les volets et alluma son ordinateur. Une flopée de messages l'attendait qu'elle lut tranquillement les uns après les autres. Il fut un temps où elle se serait affolée d'être restée une semaine sans travailler. Mais ce temps-là était révolu. Une fois le tri des messages effectué, elle se doucha, s'habilla et se mit au travail afin de récupérer son retard dans le traitement de ses dossiers. Ernest appela vers 11 heures pour lui annoncer son arrivée pour passer le réveillon à ses côtés. Paule percuta alors que demain c'était Noël, qu'elle n'avait rien prévu, pas de cadeau, pas de repas, rien. Un sentiment de vide l'envahit alors rapidement balayé par l'apparition du colonel.

– Salut, gamine ! Tu fais le réveillon avec les vieux ce soir ?

– Je…

– Ça va ?

– Oui, pardon, c'est que je n'avais pas vu qu'on était déjà à Noël.

– Et si ! Tu viens chez nous ce soir ?

– Ernest arrive.

– Et bien, il est le bienvenu !

– Alors d'accord. Mais…

– Quoi ?

– Je n'ai pas de cadeaux.

Le colonel éclata de rire.

– Ma puce, ta présence en sera un. Cela fait bien longtemps.

Elle lui sourit avec tendresse. Le colonel allait poursuivre quand il s'arrêta tout net. Dans son champ de vision venait d'apparaître le docteur en pyjama, cheveux ébouriffés et s'étirant. Ce dernier s'arrêta dans sa phrase de salutation, rougit de honte d'être vu en pyjama quant au colonel, lui, resta bouche bée.

– Je ne vous présente pas ? s'amusa Paule.

C'est un colonel abasourdi qui quitta la pièce et qui se confia à son épouse.

– Bah, tu ne voudrais pas qu'il se promène tout nu !

– Mais Geneviève !

– Marie Simone lui avait préparé un lit !

– Marie Simone !

– Matthieu ! Paule allait mal, c'était plus rassurant qu'il dorme chez elle.

– Et s'il profitait de la situation ?

– Avec Titine dans les parages ?

– Non, effectivement, se reprit le colonel. Mais tout de même, fut le mot de conclusion.

– Les enfants ! s'écria Geneviève, soyez les bienvenus !

Ernest et Paule entrèrent à compagnie de Titine et Émeraude.

– Bon, les animaux, vous savez où aller, de l'autre côté de la pièce ou dehors comme vous voulez, leur indiqua-t-elle.

Les trois chiens et la chatte se consultèrent du regard et optèrent pour le dehors « on pourra parler tranquille », se dirent-ils.

– Allez, les enfants, installez-vous ! ordonna le colonel. Ce soir, c'est la fête.

– Et le docteur ? Vous en avez fait quoi ? s'étonna Marie Simone.

– Il est parti dans sa famille à Bordeaux, expliqua Paule.

– Il était déçu de quitter Paule, s'amusa Ernest.

– N'importe quoi, toi !

– Et si !

– Pff.

– Oui, ben l'essentiel est que vous soyez là pour déguster tout ce que Geneviève et Marie Simone ont préparé. Il y en a pour un régiment.

– Ça tombe bien, je ne suis pas au régime ! annonça Ernest.

– Moi non plus, renchérit le colonel.

– Tu fais quoi à Noël, Paule ? lui demanda Justin.

– Je ne sais pas. Je verrai demain matin.

– Bien. Nous, nous fêtons Noël ensemble, et si cela vous tente, vous serez les bienvenus.

– Ah, ça, c'est une bonne idée ! s'exclama Ernest.

– Ma puce, tu devrais peut-être aller chez tes parents, ton oncle Raymond est arrivé ce matin, suggéra Geneviève. Raymond prend suffisamment de place pour empêcher ta belle-sœur de s'exprimer à tort et à travers.

– Geneviève a raison. Tu peux manger un bout ici et y aller pour le dessert, si tu veux, proposa le colonel. Tes parents seront heureux de te voir et Raymond aussi.

– On pourrait faire ça, fit Ernest pensif. Et en même temps on pourrait passer à mon local ?

– Ernest, c'est Noël. Le tatoueur sera fermé, on n'aura pas les clés.

– Ah oui, merde.

– Tu es impatient, on dirait ?

– Oui ! Les plans de Justin et Francis sont fantastiques. Et Paule m'a fait un budget du feu de Dieu ! Vous savez ce qu'elle a eu comme idée ?

– Vas-y, raconte.

– Me faire racheter les tissus des boutiques qui ferment ou qui déstockent !

– Et tu en as trouvé ?

– Oui ! Des rouleaux complets et des chutes. Pour l'instant, je stocke chez le commandant, il m'a prêté une pièce dans son appartement.

– Sacré commandant, un gars bien.

– Oui. Il a toujours veillé sur nous. Comme son père avant lui, ajouta Ernest.

– Et son Tobias ! Une belle bête !

– Ça oui ! Hein, Paule ?

– Oui, bon, ça va. Tobias, je l'aime bien, mais de loin.

Tout le monde s'esclaffa, car chacun connaissait l'histoire du dogue et de Paule.

– *Ils sont sympathiques*, fit une voix.

– Oui, répondit machinalement Paule.

– Tu dis ?

Elle écarquilla les yeux, se rendant compte qu'elle venait de répondre à Auguste.

– Rien, je parle toute seule.

– Ah ! Ça, on le savait, se moqua Ernest. Tu le faisais déjà quand tu étais petite.

– Mais non !

– Ah ! Mais si !

– Ernest a raison. Suzanne nous l'avait dit, confirma Marie Simone. Elle t'entendait parfois dans le jardin ou dans ta chambre.

– Oui, et des fois, tu disais bonjour en pleine rue quand on allait à l'école.

– Mais…

– *À mon avis, je ne suis pas le premier que vous voyez*, fit remarquer Auguste.

– Ou alors, je termine une conversation dans ma tête.

– C'est ça ! Mais bon, tu étais petite, dit Ernest, on te pardonne.

– Trop aimable.

Elle lui donna un coup de coude lançant ainsi une soirée des plus amusantes et des plus heureuses. On parla du passé, de Suzanne, de Firmin, des lapins, de Gustave le cheval de trait et de Noémie. Moments de douceur et de douleur qui dura peu, mais qui permit à Paule de prendre conscience que sa fille manquait à tous.

– *Ils vous aiment beaucoup, c'est pour cela qu'ils sont encore plus tristes,* commentait Auguste.

Pendant toute la soirée, il intervint de-ci de-là, créant des situations cocasses, mais qui ravissaient les hôtes du repas, car ils retrouvaient leur Paule d'antan. La petite Paule qui fit une extraordinaire réapparition quand Ernest, trop impatient pour attendre le lendemain, lui offrit son cadeau : une casquette bouffante gavroche vert pomme.

– Ce n'est pas vrai, murmura émue Marie Simone.

– Quoi ? Ça ne me va pas ? questionna Paule tout heureuse de son cadeau.

– Ah, ben si, articula difficilement Justin. C'est juste qu'on dirait que tu as sept ans.

Ernest sourit aux anges.

– J'en ai fait toute une collection ! C'est la mode, mais moi j'ai mis plus de bouffants. Ce qui n'est pas facile.

Et Ernest de raconter les difficultés pour choisir le tissu, le faire tenir et la tonne de commandes qui a suivi l'exposition du modèle en vitrine.

– Je suis en train de travailler un modèle homme, c'est plus difficile, car ma clientèle est plutôt portée sur les chapeaux. Je vends pas mal de Trilby, de Traveller et ces derniers temps de chapeau à la Bogart. De plus en plus de hauts-de-forme aussi.

– Je propose un toast au génie du chapeau ! lança le colonel.

Le lendemain matin, après une soirée de Scrabble et de rami, Paule se décida à aller chez ses parents. Ernest et elle s'invitèrent au début du repas chez Justin, puis partirent à Dijon pour le dessert. Leur arrivée fut saluée par les cris des enfants trop heureux de revoir leur tante. Philippe, douze ans ; Brigitte, neuf ans ; Jacques et Cléo, sept ans ; et Rodolphe le dernier-né, qui cessa de pleurer quand il atterrit dans les bras de sa tante. Antoinette essuya une larme, quand elle vit sa fille avec son galurin et Pierre cacha son émotion comme il put. Quant à oncle Raymond, il tonna haut et fort qu'il était le plus heureux des parrains. Julien et son amie Clarisse embrassèrent Ernest et Paule comme du bon pain tandis qu'Éléonore et Edmond, les jumeaux de Julien, serrèrent très fort leur marraine. Xavier, le cadet de Paule, ressentit l'espace d'un instant du plaisir à voir sa sœur, mais le visage renfrogné de son épouse calma toute envie d'effusion.

– Bon, maintenant on peut ouvrir nos cadeaux ! lança une petite Brigitte qui se précipita sous le sapin.

– Mais vous ne l'avez pas déjà fait ?

– Si, mais pas les tiens ! Brigitte était persuadée que tu allais venir alors on a attendu, expliqua Philippe.

Paule se rappela alors que les cadeaux pour ses neveux étaient prêts de longue date. « Décidément, je suis en dessous de tout », grommela-t-elle.

– Dans ce cas, chasse aux cadeaux ! ordonna Ernest.

Une envolée de moineaux se précipita vers les présents, arracha les papiers et hurla de bonheur devant ce qui était offert. Philippe eut un équipement de dessinateur ; Brigitte, la collection complète des Harry Potter et la guerre des clans ; Jacques, des Playmobil château fort et Cléo, la maison de Barbie avec le camping-car. Paule fut submergée par les câlins de ces neveux et nièces.

– Il reste deux paquets !

– C'est écrit, Éléonore et Edmond !

Les deux filleuls de Paule regardèrent leur tante avec étonnement. Ils étaient âgés de vingt-six ans et s'attendaient fort peu à recevoir un cadeau ayant passé l'âge. Philippe apporta un petit paquet à Éléonore et un autre plus volumineux à Edmond. Ce dernier découvrit l'intégrale des vinyles d'ACDC et sa sœur une parure de bijoux accompagnés d'un parfum Sonia Rykiel.

– Tante Paule ! balbutia Edmond profondément touché. C'est... C'est...

– *Célimène*, chantonna Auguste.

Paule éclata de rire.

– Ce n'est rien, fit Ernest, elle reparle toute seule.

Pierre sourit.

– Ah, il y avait longtemps.

Julien et Clarisse reçurent un bon d'achat chez IKEA ce qu'ils apprécièrent, étant en plein réaménagement de leur logement tandis que Xavier reçut un document plié en quatre.

– J'ai préparé cela de la part de papa.

Il déplia le document pendant que sa mère et Clarisse débarrassaient la table afin d'apporter le dessert. Elles comprirent très vite que les enfants s'en passeraient en les voyant totalement absorbés par leurs jouets.

– C'est bien que Paule soit venue, dit Clarisse en entrant dans la cuisine.

– Oui, répondit Antoinette écrasant une larme qui perlait. Elle reste fragile, mais chaque pas est une avancée vers un mieux-être.

– Je ne comprends pas, fit Xavier. C'est quoi ?

– C'est une simulation pour l'achat d'une pâtisserie. Quand tu as commencé ton bac professionnel en pâtisserie, les parents ont pensé qu'un jour tu voudrais t'installer à ton compte. Ils ont donc économisé et l'argent placé ayant fructifié, tu as une avance de vingt-cinq mille euros sur ce livret. Mais c'est vingt-cinq mille euros pour ta pâtisserie, ajouta-t-elle immédiatement.

Xavier fixait sa sœur.

– À l'intérieur, tu trouveras les démarches que tu aurais à faire et une proposition de budget. Je me suis appuyée sur le marché actuel aussi bien pour le prix de rachat que pour le prix des matières premières. Tu as plusieurs choix. Si tu souhaites créer ta propre pâtisserie, il te faut un minimum de cent cinquante mille euros de fonds et si tu reprends une pâtisserie, il faut que tu fasses un audit et un business plan. Ça veut dire que tu vas étudier les cinq dernières années de bilan de la pâtisserie ; l'état des machines ; sans compter que le vendeur risque de te demander une somme d'argent équivalant à 70 % jusqu'à 120 % du chiffre d'affaires. D'où la nécessité d'un audit et d'un business plan. J'ai ajouté ce que les banques pourraient te prêter sachant qu'elles apprécient de prêter de l'argent à un entrepreneur qui s'installe dans un endroit sans concurrents, avec une clientèle sûre.

– Et pourquoi Xavier changerait-il de métier ? cracha Cécile.

– Peut-être parce qu'il est sorti premier de son bac professionnel et qu'il a obtenu la mention complémentaire de chocolatier. Peut-être parce que cela l'a toujours passionné et que peut-être qu'il aurait envie de faire ce qui lui a toujours plu.

– De quel droit oses-tu dire que le métier de mon mari n'est pas un métier plaisant ?

– Du droit que tu nous emmerdes depuis de longues années à gémir, à geindre parce que vous n'avez pas assez d'argent pour finir le mois ; du droit que les parents ont de proposer à leur fils pour lequel ils ont fait des économies cette somme d'argent ; et du droit que tu m'emmerdes.

– *Et ben ça, c'est fait*, s'amusa Auguste.

– Je t'emmerde ? ! Ce n'est pas moi qui geins parce que j'ai perdu ma fille !

Un vent glacial souffla sur la tablée. Paule, lentement, se retourna et regarda sa belle-sœur droit dans les yeux. Elle cherchait la réplique sans la trouver quand du fond de la salle une voix se fit entendre.

– Ouais, mais en même temps, elle ne l'a pas appelée Brigitte.

Cécile se tourna d'un bloc vers sa fille.

– Ben ouais, parce que moi, j'ai neuf ans et je m'appelle Brigitte. Noémie, au moins, ça passe. Je l'ai pas connue, hein, tante Paule, mais je suis sûre qu'elle était sympa et qu'elle n'aurait pas aimé s'appeler Brigitte.

– C'est le prénom de ta grand-mère ! s'offusqua une Cécile de plus en plus rouge.

– Oui, c'est bien ce que je dis. Brigitte. De ma grand-mère. Cléo, ça va, elle s'en sort, mais moi, Brigitte, souffla la petite.

– Pense à Rodolphe, ajouta son frère compatissant.

– Ah oui, le pauvre.

– Non, mais ! De quel droit !

– Oui, ben toi, à l'école, on ne se moque pas de toi !

– Ça, c'est vrai, confirma Jacques. Il l'appelle Guiguite.

Un sourire effaça temporairement la tension qui était très palpable. Chacun craignait une nouvelle sortie de Cécile.

– Brigitte, ça te va bien, temporisa Paule.

– Tante Paule, soupira la petite.

– Je sais, mon ange, mais regarde Ernest ! Lui aussi, il a un très vieux prénom.

– En plus, je suis moche, ça n'aide pas.

Brigitte le regarda attentivement.

– Mouais, enfin peut-être, mais tu ne t'appelles pas Brigitte.

– Non. C'est vrai. Mais tu n'es pas moche.

– C'est quoi le pire, oncle Julien ? S'appeler Brigitte ou être moche ? demanda la petite très sérieusement.

– Et bien, je ne sais pas trop. Brigitte est désuet, mais tu es jolie. Ernest est sympa, mais il est moche.

– Ah voilà ! C'est moi qui gagne, se vanta Ernest.

– Eh ! Oncle Julien, il a pas répondu !

– Moi je dis que ce serait pire si tu t'appelais Brigitte et si tu étais moche, commenta Jacques.

– On avait une copine au collège qui s'appelait Brigitte, tenta Paule.

– Tante Paule, le collège à ton époque, ça existait déjà ? se moqua Philippe.

– Eh ! Maman ! Philippe se moque de moi, fit Paule avec un faux air outré.

– Oui, et bien, il aura quand même droit à son dessert. Venez tous à table pour la bûche.

– N'empêche, Brigitte c'est moche, murmura la petite.

– Ce n'est pas pire que de s'appeler Raymond.

– Oui, mais toi, tu es vieux.

Oncle Raymond éclata de rire.

– Toi, tu me rappelles Paule à ton âge.

– Oui, mais elle, elle s'appelait Paule, pas Brigitte.

– Arrête de ronchonner, lui dit gentiment Éléonore. Tu t'appelles Brigitte de Saint-Jean. Ce n'est pas banal. Ça fait classe.

La petite regarda sa cousine et soudain son regard s'illumina.

– C'est vrai, ça ! Brigitte de Saint-Jean ! C'est pas mal. Paule de Saint-Jean !

– Maréchale de Saint-Jean, la reprit sa grand-mère.

– Bah ?

– À sa naissance, j'ai décidé de lui donner mon nom et celui de son papa.

– Pourquoi ?

– Parce que c'était une fille et que je trouvais que ça sonnait bien.

– Super, ronchonna faussement Julien. Moi j'ai eu droit qu'à de Saint-Jean.

– Eh ouais, lâcha fièrement Paule.

– Encore une injustice.

– N'importe quoi.

Pierre raconta alors que Julien passait son temps à embêter Paule et que celle-ci venait systématiquement se réfugier à l'épicerie pour compter les paquets de pâtes.

– Et papa ? Il embêtait tante Paule ?

– Non, ton papa suivait Paule et Ernest partout, raconta Antoinette. C'est Paule qui s'occupait de lui quand il était petit et que j'étais à l'épicerie.

– Ce n'est pas pour ça qu'elle l'a aidé financièrement, cracha Cécile.

Le ton sarcastique n'échappa à personne.

– Tu as parfaitement raison Cécile, confirma Julien. Paule a travaillé dans l'épicerie pour que maman puisse s'occuper de Xavier ; elle servait les clients, faisait les comptes et livrait les courses aux clients les plus âgés. Elle a aussi fait le marché de Pierre de Bresse et pendant les vacances, elle servait à la boucherie ou à la fromagerie et parfois même à la boulangerie de la ville. Quand elle a eu le permis, elle a sillonné le Jura avec la camionnette du boucher et du boulanger.

– Sans compter, la banque qui l'avait embauchée à l'accueil, ajouta Pierre.

– Exact.

– Et les livraisons à Paris en triporteur ! conclut Ernest.

Il dut alors expliquer aux enfants ce qu'était un triporteur et raconter les aventures cocasses de Paule à Paris.

– Autrement dit, heureusement que tu étais là, fit une Cécile méprisante.

– Oui, trancha Antoinette. Heureusement. J'aurais eu du mal à m'occuper seule de la maison. Paule a toujours été là et Julien et Xavier à leur façon aussi. Vous pouvez être déçue de la vie que vous avez, mais Paule n'y est pour rien.

– Ça, c'est vrai ! tonna Raymond. Et pour le prouver, je vais lui offrir son cadeau.

Chacun regarda Raymond déplier ses deux mètres zéro trois, quitter la pièce et revenir avec deux caisses empilées l'une sur l'autre.

– Ça vient d'un vide grenier, mais je pense que cela va te plaire.

Il posa les caisses et invita sa nièce à les ouvrir. Cette dernière se leva, suivie de ses neveux et nièces intrigués.

– Des Bob et Bobette !

– Oh ! Seigneur, soupira Julien.

– Quoi ? interrogea Clarisse.

– Des Bob et Bobette. Manquait plus que ça.

– Tu es jaloux ! dit Paule en donnant une tape à son frère.

– Tu m'expliques ?

– Un client, raconta Pierre, Monsieur Michelin, venait à l'épicerie toutes les semaines. Un jour, il a vu Paule lire et je ne sais pas pourquoi, je ne sais pas comment, mais il a fini par lui offrir un Bob et Bobette. Et voilà. Il en a offert plusieurs à Paule.

– Depuis, on est condamnés à subir son air béat devant cette BD.

Clarisse se leva pour rejoindre sa belle-sœur assise par terre entourée des enfants.

– On dirait qu'elle a sept ans, s'amusa Pierre. Brillante idée, mon cher Raymond.

– Non, mais, je ne pouvais quand même pas rater une telle occasion !

– Dites donc, vous pourriez revenir à table là ? rouspéta gentiment Antoinette.

– Tu crois que mon baccalauréat est toujours valable ? finit par demander Xavier à sa sœur.

– À mon avis, oui.

Et ce fut tout. Chacun resta avec des questions et des non-dits, mais comme tout repas de famille, ces derniers furent enfouis en espérant que jamais, ils ne ressortiraient. Le lendemain, Paule reçut un appel de Gaspard Dietrich représentant la banque Rothschild de Suisse. Ce dernier lui proposa un rendez-vous pour le lendemain dix heures à Genève.

– Monsieur Polochon a dû vous expliquer que l'enjeu était conséquent pour nous. Nous aimerions que vous entriez en action le plus rapidement possible, car nous savons pertinemment que Monsieur Moritz n'acceptera pas tout de suite votre proposition. En revanche, nous comptons sur vous pour être suffisamment convaincante pour qu'il vous recontacte plus tard. Il faut que vous sachiez qu'il a refusé plus d'une dizaine d'offres toutes d'excellente qualité, mais auxquelles il n'a donné aucune suite. Notre objectif est que vous lui fassiez une proposition qui le fasse réfléchir, suffisamment pour qu'il vous rappelle.

Monsieur Polochon nous a assurés que vous étiez la personne qu'il nous fallait.

– Bertrand est un ami, il se peut qu'il surestime mes propres capacités.

– J'en doute. Non qu'il soit votre ami, mais qu'il vous ait surestimée. J'ai lu votre dossier. Vous avez refusé deux offres de Rothschild de Paris et de belles offres. Connaissant le fonctionnement de notre groupe, elles ne vous auraient pas été faites si vous n'aviez pas les compétences.

– Que pouvez-vous me dire sur votre Monsieur Moritz ?

– Très grande famille autrichienne. Qui a pignon sur rue en Autriche et en Allemagne. Pour la majeure partie, des industriels et des financiers. De l'argent placé dans le caoutchouc, l'exploitation de minerais en Afrique, quelques investissements dans le secteur automobile allemand. C'est une famille qui sait placer son argent là où on ne l'attend pas. À chaque fois, ils font d'énormes bénéfices pour un faible investissement. Le père de l'actuel Monsieur Moritz a fait faillite dans les années soixante et c'est son fils qui a repris les rênes et remis l'entreprise de travaux publics sur les rails. Les Moritz, installés en Suisse, sont plutôt des financiers dont le but est de laisser un patrimoine à leurs descendants. Aucune ambition politique, peu d'apparitions médiatiques. Le tout se fait dans les cabinets feutrés des banques ou des entreprises.

– Ce n'est donc pas Monsieur Moritz seulement qui vous intéresse, mais son réseau.

– Exactement. Vous savez pertinemment que Rothschild France et Rothschild Suisse sont légèrement en concurrence. Nous n'avons pas les mêmes buts ou pas la même façon de les atteindre. Récupérer Moritz dans notre clientèle accroîtrait notre légitimité et la valeur des patrimoines que nous gérons. Si vous réussissez à nous lier d'une façon ou d'une autre à Moritz, vous entrerez dans le groupe. Tout en restant chez le groupe H, ajouta-t-il. Nos conseillers juridiques ont déjà planché sur cette éventualité.

– Y a-t-il quelque chose de particulier quant à sa famille ?

– Qu'entendez-vous par là ?

– Des dissensions, des disparitions, des éléments qui pourraient m'aider à définir leurs centres d'intérêt.

Un long silence se fit au bout du téléphone.

– Günter Moritz a perdu sa femme, il y a trois ans, d'un cancer du sein. Il n'a pas semblé en être affecté, mais tous les conseillers qui l'ont rencontré disent que c'est un homme très froid. Il a trois enfants. Une fille, Hannelore qui vit chez lui avec ses deux enfants. Un fils, Walter qui vit en Écosse et un autre fils, Wilhelm qui vit en Autriche. Pour le reste, j'avoue ne pas connaître grand-chose de cette famille, si ce n'est qu'elle est très ancienne dans le monde de la finance et de l'industrie.

– Très bien, je vous remercie. Je vais préparer une proposition.

– Vous pensez en avoir une dès demain ?

– Une ossature, je suppose oui.

– Il serait donc possible que vous rencontriez Günter Moritz dès demain après-midi ? questionna assez surpris Gaspard Dietrich.

– Oui, c'est une possibilité. De toute façon, vous l'avez dit, il dira non à ce que je vais lui proposer. À moi de trouver la proposition qui pourra le faire changer d'avis.

Paule se mit au travail tout de suite après avoir raccroché tandis que Gaspard Dietrich se précipitait sur son téléphone pour prendre rendez-vous avec Günter Moritz.

– *Vous pensez trouver quelque chose ?* interrogea Auguste qui avait suivi avec attention la conversation.

– Je vais aller voir dans quels types de secteurs Günter Moritz investit et peut-être que la lumière se fera. Merde !

Elle reprit son téléphone et rappela Gaspard Dietrich.

– Pardonnez-moi de vous déranger, mais vous serait-il possible de me donner dans les grandes lignes les propositions qui ont été faites à Monsieur Moritz ?

– Ma secrétaire doit avoir cela dans ses documents, je lui dis de vous les envoyer immédiatement. Je viens d'avoir Monsieur Moritz, vous avez rendez-vous demain à 15 heures. Nous vous réserverons un hôtel pour la nuit.

– Parfait. Je vous remercie. Passez une bonne journée.

– Je compte sur vous Paule, vraiment.

– *Eh ben, je ne suis pas dans la finance, mais on dirait qu'il a besoin de vous.*

– C'est un gros coup pour lui. S'il réussit à harponner Günter Moritz, il aura soit une prime soit une promotion. Sans compter l'amélioration de l'image de marque du groupe. Si vous faites entrer un gros poisson, les autres gros poissons viendront.

Paule se mit au travail. Le document envoyé par la secrétaire de Gaspard Dietrich lui fut d'une grande aide, parce qu'elle vit ainsi ce qu'elle ne devait pas proposer. Elle constata d'ailleurs que la proposition n'était pas en adéquation avec la personnalité qui se dessinait à partir des investissements effectués et des quelques articles parus sur Günter Moritz. Elle découvrit d'ailleurs que sa femme était une artiste méconnue et qui, par son action personnelle, encourageait les arts et leur enseignement à l'école. Ayant besoin d'une pause après le déjeuner, elle prit son vélo et se dirigea aux Hays.

– *À qui est cette maison* ? questionna Auguste qui l'avait suivie.

– Aucune idée. Je venais ici très souvent avec ma grand-mère. J'aime beaucoup cette maison, je m'y sens bien. Au printemps, les premiers effluves des plantes, des arbustes, des arbres embaument l'espace. La maison est un peu en retrait, c'est très calme. En été, ça a même un côté un peu jungle puisque rien n'est entretenu. En tout cas, on n'est jamais venu nous mettre dehors.

– *C'est vrai que cette maison est sympa*, confirma Auguste qui venait d'en faire le tour. *Vous êtes déjà entrées ?*

– Jamais. Ma grand-mère s'asseyait toujours sur ce banc pendant que je batifolais dans le jardin.

– *Elle ne vous a jamais parlé du propriétaire* ?

– Jamais. Je n'ai jamais posé la question du reste. C'est comme si être ici était tout à fait normal.

– *Je vais faire un tour. Soyez sage.*

– Faites attention où vous mettez les pieds, s'amusa Paule. On est à la campagne, il y a des bêtes.

– *Très drôle.*

Auguste laissa Paule assise dans le froid, mais satisfaite de son sort. Il se promena dans les alentours, jaugea de l'emplacement géographique de la maison et constata qu'effectivement elle était bien sympathique cette maisonnette. Et qu'elle était même bien grande. Il remarqua qu'un verger flanquait la maison par la gauche tandis que le bois flanquait l'autre côté. Un jardin étendu reliait les deux. Il n'osa pas entrer dans la demeure de peur de briser un tabou sachant que Paule n'y avait jamais mis les pieds. En revanche, il fit le tour du village et visita le cimetière parce que c'était souvent là qu'on apprenait plein de choses. Pendant ce temps-là, Paule laissa son esprit vagabonder entre les souvenirs et Günter Moritz. À son retour, elle reprit la liste des propositions qui avaient été faites et supposa que le problème n'était pas la proposition, mais celui qui faisait la proposition. Elle se présenta le lendemain, chez lui à l'heure dite. Descendant de sa 403, qui avait estomaqué Gaspard Dietrich quand il l'avait vue arriver, elle s'étira et prit le temps d'observer les lieux. La maison était digne d'une grande famille industrielle : une villa italienne de deux étages entourée d'un parc. Elle avait appris au fil de ses recherches que la famille Moritz avait fait fortune dans l'industrie tandis que celle de son épouse Margaretha avait fait fortune dans la bière et la saucisse. Ils avaient adroitement placé leur argent ce qui leur avait permis de vivre très confortablement et de doter leurs enfants d'un avenir financier plus que confortable. Elle se dirigea vers l'entrée et sonna. Une bonne vint lui ouvrir et lui demanda de patienter dans le hall. Günter Moritz n'était pas homme à se laisser amadouer par le premier analyste financier venu, c'était les Rothschild qui avaient besoin de lui et non l'inverse. Il avait donc pris la décision de faire attendre Paule. Après trente minutes seule dans le hall, Paule se dirigea vers la cuisine et signala à la gouvernante des lieux qu'elle allait profiter des quelques rayons du soleil et attendre dehors que Monsieur Moritz soit disponible. C'était quelque peu inhabituel et Julieta, gouvernante depuis plus de vingt-cinq ans, se trouva fort dépourvue. Suffisamment pour monter dans le bureau de son employeur et lui signaler la décision de Paule. Ce dernier haussa un sourcil ne s'attendant pas à ce petit acte de rébellion. Il jeta un œil par la fenêtre et constata qu'elle s'était installée sur une souche et qu'elle s'était mise à travailler, indifférente au froid. Il fut particulièrement surpris par la voiture de Paule. Il était, en effet, habitué à voir des voitures onéreuses ou luxueuses devant sa maison, mais une 403 Peugeot en plus ou moins bon état, c'était une première. Elle travaillait dans cette position depuis pratiquement une heure quand un bouledogue anglais fit son apparition.

– Churchill ! Churchill ! Viens ici !

– Maman ! Maman ! Churchill n'écoute pas !

Paule leva les yeux et vit arriver vers elle deux garçons d'environ dix ans accompagnés sans aucun doute de leur mère et de deux lévriers afghans.

– Veuillez pardonner Churchill, il n'écoute strictement rien, s'excusa la femme. Je me présente, Hannelore Siegel. Mon fils Hans et son cousin Piotr.

– Paule Maréchale de Saint-Jean.

– Je présume que vous avez rendez-vous avec mon père, soupira Hannelore.

– Oui.

– Et c'est lui qui vous laisse dehors ?

– Non, je voulais profiter des quelques rayons de soleil.

– Moi aussi, j'aime le soleil, raconta Piotr. Il fait du bien.

– Moi, j'aime pas quand il fait trop chaud, ajouta Hans.

– Je doute que cela intéresse beaucoup Madame. En revanche, si vous voulez bien entrer, nous pourrons partager une tasse de café.

– Bien volontiers. Enfin, si Churchill — couché à ses pieds — veut bien me laisser marcher.

– Non, mais celui-là ! C'est le chien de mon frère, le père de Piotr. Il a divorcé et a décidé de nous le laisser. Sous le prétexte que nous avons déjà des chiens. Et que lui vit en appartement.

– C'est surtout qu'il le trouve moche, expliqua Piotr.

Paule sourit.

– Veuillez pardonner les enfants, ils parlent à tort et à travers.

– Non, Churchill est moche.

– C'est un bouledogue, expliqua Paule, il est difficile de le faire entrer dans la catégorie des plus beaux chiens. Même si je présume que les propriétaires de bouledogue trouvent les bouledogues magnifiques.

– Ma mère adorait les lévriers. Je vous présente Siegfried et Kriemhild. Mais ?

Les deux lévriers avaient glissé leur truffe dans les mains de Paule attendant qu'elle les caresse. Geste qu'elle allait faire quand elle lut la stupéfaction sur le visage de son interlocutrice.

– Alors là, je suis stupéfaite. Ils ne se sont jamais laissé approcher par qui que ce soit encore moins par quelqu'un d'étranger.

– Il n'y a pas grand mystère à cette situation, ils ont dû sentir l'odeur de Titine.

Inévitablement, les garçons demandèrent qui était Titine. Et inévitablement parler de Titine amenait à parler de Jojo qui amenait à parler d'Albert qui amenait à parler du colonel, de Justin, de leurs épouses respectives, du Jura. Lorsque Günter Moritz, quelque peu interloqué par la patience dont faisait preuve Paule, descendit, il trouva sa fille parlant à bâtons rompus avec l'analyste financier envoyé par Rothschild et resta totalement interdit sur le seuil de la pièce quand il aperçut les chiens de son épouse aux pieds de Paule. Constatant la stupeur de leur grand-père, les deux cousins répétèrent tout ce que Paule leur avait dit. Il ne retint strictement rien à part que l'ensemble de sa maisonnée, chiens compris, avait adopté Paule. Celle-ci se leva et lui tendit la main, qu'il serra distraitement.

– Paule Maréchale de Saint-Jean.

Il était tel qu'elle se l'était imaginé : grand, mince, cheveux gris et visage émacié. Grande prestance. Un homme qui avait donc l'habitude d'être obéi et craint.

– Les enfants, nous allons laisser papa discuter affaires.

– Oh, fit Piotr déçu, je voulais jouer avec Paule.

– Mais, enfin, Piotr !

– Ben, on jouera avec elle après, raisonna son cousin Hans.

– D'accord. Tu ne pars pas avant, hein ?

– Promis.

Günter Moritz était quelque peu décontenancé par l'attitude de ses petits-enfants. Le sentant mal à l'aise, Paule prit les devants.

– Je ne vais pas vous faire perdre votre temps. J'ai lu toutes les propositions qui vous ont été faites, vous n'en avez nul besoin. Vous savez parfaitement gérer vos investissements, ils vous rapportent tous des sommes confortables que vous savez faire fructifier.

Les yeux bleu acier fixaient Paule.

– En revanche, vous avez la possibilité, au vu de vos placements, de réutiliser cet argent autrement, dans des investissements que l'on pourrait appeler à perte.

Un sourire carnassier apparut.

– Vous me prenez pour un imbécile.

– Non, pour un financier.

La réplique le fit ciller.

– J'ai réussi à faire mes études grâce à d'autres. Sans eux, je ne serais pas devant vous. Sans eux, je n'aurais pas exercé les fonctions qui ont été les miennes et sans eux bon nombre de couples n'auraient pas eu leur prêt.

Il leva la main.

– Fadaises. Ne me sortez pas les stupidités liées à la générosité et au mécénat. Je vous vois venir. Cela ne m'intéresse pas.

– Bien. Il n'en demeure pas moins que lutter contre la pauvreté et amener un mieux-être dans des pays limitent fortement le risque de conflit, le développement de pandémie et l'arrivée au pouvoir des dictateurs. Ce sont des faits, non des élucubrations. Les pays sont en guerre parce qu'une partie de la population n'a pas accès à l'essentiel ; la guerre se déclenche pour accaparer les ressources quitte à laisser un peuple exsangue. Or, un peuple qui sait lire, écrire, compter, qui a accès aux soins, à l'école est un peuple qui vivra en paix. Si cela était faux, notre continent serait toujours en guerre. Hitler est arrivé à cause de 1918 et de la crise économique ; Staline, ce sont les révolutions russes et le pouvoir affaibli. L'idéologie devient propagande et seul un esprit éclairé peut lutter contre. Mais on ne peut pas lutter quand on a le ventre vide. En réinvestissant une partie de vos actifs dans des actions visant au développement des énergies, à la scolarisation des filles, vous diminuez le risque de propagation des épidémies et des conflits nocifs pour le commerce. Vous offrez aussi à votre réseau la possibilité de signer des contrats locaux leur assurant un débouché ou l'accès privilégié à des ressources. Et puis, même si cela ne vous intéresse pas, vous aidez l'humanité à aller mieux. Je n'ai jamais compris l'intérêt d'emmagasiner de l'argent si ce n'était pas pour en faire profiter une partie de la population.

Laisser un patrimoine à vos petits-enfants est une chose logique, chacun d'entre nous le fait. Mais quand on est à des sommes comme les vôtres, en faire profiter des actions locales semble relever du bon sens. Le don à perte est une valeur humaine que le monde semble oublier et c'est bien dommage.

– Parce que vous êtes généreuse à ce point ? ironisa-t-il. C'est toujours plus facile avec l'argent des autres.

– Je n'ai pas votre fortune, mais la vie m'a appris que mon compte en banque avait bien peu de valeur en réalité et qu'il était là avant tout pour m'assurer un quotidien décent. Si le surplus peut être utilisé autrement, autant qu'il le soit.

Le sourire sarcastique s'effaça.

– Je vais aller jouer un instant avec vos petits-enfants, puis je prendrai congé. Vous n'avez pas besoin d'une autre banque pour gérer votre patrimoine, ce dont vous avez besoin c'est d'humaniser votre investissement.

C'était dit sans colère, sans animosité, mais c'était dit. Paule quitta la pièce suivie des chiens laissant un Günter Moritz pensif. Il resta ainsi un moment et ne sortit de sa torpeur que lorsqu'il entendit les rires de ses petits-enfants résonner dans la maison. Sa fille entra dans la pièce le sourire aux lèvres.

– Sie spielen mit Paule.[4]

– Ja, ich weiß.[5]

---

[4] Ils jouent avec Paule
[5] Oui, je sais
 Que se passe-t-il ?

– Was ist denn los?

- Nichts.

– Vati…

– Bitte, Hannelore, keine Frage. Diese Frau… Ach ! Quatsch! Ich muss allein sein.

- OK, ich gehe nach oben zu den Kindern.

Hannelore le laissa planté devant la fenêtre les yeux fixés sur la 403. Quelque chose ne cadrait pas. Il ignorait quoi ou plutôt, il ne le savait que trop bien. Il resta ainsi un temps indéfini jusqu'à ce qu'il entende Paule prendre congé. Il hésita à sortir de la pièce, ce fut Piotr qui vint le chercher.

– Bon retour, lui dit Hannelore.

– Merci.

– Vous repartez de nuit avec… osa-t-il.

– La 403 ? Oui. La banque m'a réservé une chambre d'hôtel, je repars demain matin.

– C'est plus prudent, en effet.

Les deux garçons embrassèrent Paule et la regardèrent partir depuis le perron.

Rien
Papa…
S'il te plaît, Hannelore, pas de question. Cette femme…Ah ! Zut ! J'ai besoin d'être seul.
D'accord, je monte vers les enfants

– Elle est comme Oma, commenta Hans, elle parle aux animaux.

Ce fut son épitaphe. Ils remontèrent dans la chambre pour reprendre leur partie de labyrinthe. Günter Moritz retourna dans le salon sans répondre à sa fille qui venait de lui demander s'il allait faire appel aux services de Paule. Il prit un livre, s'installa et ne prononça plus un seul mot de la soirée. Habituée au mutisme légendaire de son père, elle n'insista pas et reprit ses activités. Paule de son côté prit possession de sa chambre, dîna, reprit quelques dossiers et se coucha. Vers vingt-trois heures, elle reçut un SMS de Gaspard Dietrich lui demandant ses impressions. Elle lui confirma que Günter Moritz n'avait besoin de personne et que s'il ne répondait pas à leur offre « c'est qu'il n'en voyait pas l'intérêt. En revanche, j'ignore ce qui pourrait l'intéresser » ajouta-t-elle pour conclure. Gaspard Dietrich ne s'attendait pas à ce que ce potentiel client autrichien saute dans les bras de Paule, malgré tout il fut quelque peu déçu, s'attendant presque à un miracle au vu de ce que lui avait dit Monsieur Polochon. Sa déception fut vite oubliée dans les préparatifs du Nouvel An, préparatifs qui mirent le Jura aussi en ébullition.

– Madame Maréchale de Saint-Jean ?

– Elle-même.

– Victorine Théophile. Je ne vous dérange pas ?

– Du tout.

– Alors, voilà. Je vous appelle parce qu'avec Nathanaël nous avons bien réfléchi et nous nous sommes dit que nous pourrions refaire la déco de la salle d'attente comme cela, cela ferait moins hôpital et vous pourriez louer le bureau. Je sais que c'est étrange comme association, mais je me permets d'insister pour plusieurs raisons : d'abord, nous avons besoin d'un autre locataire pour tenir nos charges et vous, vous avez besoin d'un bureau. Ensuite, je ne sais pas, mais de toute façon je suis sûre que nous pourrons vivre en bonne entente. En plus, Gédéon n'arrête pas de demander à quel moment vous allez vous installer. Je ne veux pas vous bousculer, mais on peut faire un essai. On a trouvé la déco parce que Nathanaël a une sœur qui est passionnée et donc il ne nous reste plus qu'à trouver le peintre. Donc voilà, vous en pensez quoi ?

Victorine Théophile avait parlé d'une traite sans reprendre son souffle de peur d'entendre le non de Paule.

– D'accord, entendit-elle.

– Vous êtes d'accord ?

– Oui. Je vous loue le bureau.

– Fantastique ! hurla le médecin au téléphone. Fantastique ! Gédéon ! Elle a dit oui !

Un hurlement de petit garçon se fit entendre.

– Bon, alors comment procède-t-on ?

– Préparez-moi le bail, je passerai le signer dès qu'il sera prêt.

– Pas de souci. Je me réjouis, vraiment.

– De même.

– *Qu'est-ce qui vous a décidé ?* questionna Auguste alors qu'elle raccrochait.

– Je l'ignore. Sans doute le fait que cela ne m'engage pas réellement, le fait que je puisse partir quand je veux. Peut-être est-il temps.

Ils n'eurent pas le loisir de terminer leur conversation, car le téléphone sonnait de nouveau. C'était le docteur Morgenstern qui venait souhaiter une bonne année à Paule et qui en profita pour lui dire que lui commençait l'année avec la grippe. Auguste les laissa papoter et s'en fut virevolter dans les alentours. Abe et Paule se mirent d'accord pour transférer les appels du médecin chez Marie Simone afin que cette dernière prenne les rendez-vous pour la nouvelle année. Paule rédigea une bafouille sur une feuille A4 signalant aux patients que le médecin ne rouvrirait son cabinet que le 3 janvier. À midi, elle appela Justin pour savoir s'ils étaient disponibles l'après-midi. À 15 heures, elle se présenta chez eux et expliqua à Marie Simone ce que le médecin attendait d'elle. Celle-ci apprécia que l'on fasse appel à elle et se prépara psychologiquement à répondre au téléphone.

– Je me suis décidée à louer le bureau, leur annonça-t-elle mordant dans une part de biscuit de Savoie.

– Formidable ! Tu as bien fait, c'est vraiment un bel espace.

– Justement, je me demandais si vous n'auriez pas des meubles que vous pourriez me prêter en attendant que je m'équipe ?

Elle s'arrêta en voyant le large sourire qui éclairait leurs visages.

– J'ai dit une bêtise ?

– Pas du tout ! On a ce qu'il te faut. Je suis même très content que tu nous demandes, tu sais, ajouta Justin un petit peu ému.

Paule avait déjà fait appel à eux pour équiper la chambre de sa grand-mère à l'EHPAD et donc leur demander de nouveau ne lui paraissait pas incohérent. Ce qu'elle ignorait était que le couple avait tout un trousseau pour elle. Ils s'habillèrent chaudement et la conduisirent dans une ferme à quelques mètres de là.

– C'est chez Michel. Jean Michel. Il était le métayer des de Montoire.

– J'ignorais que la Générale avait des terres ?

– Oh que si elle en avait ! Elle les a héritées de son père qui les louait déjà. Jean Michel faisait partie de ses métayers et quand il est mort, un accident stupide – il avait mal bloqué son tracteur, il en est descendu pour retirer un obstacle et le frein à main a lâché – la Générale a repris la ferme. Mais comme elle ne savait pas quoi en faire, elle l'a laissée un peu comme ça en vrac. Un jour, je suis allé lui demander si je pouvais stocker quelques meubles en attendant d'agrandir mon hangar et c'est là qu'elle a eu l'idée.

Justin fit glisser la porte battante du hangar et laissa entrer Paule et sa femme. Paule resta estomaquée par l'amoncellement de meubles en tous genres qui s'offrait à leurs yeux.

– Alors là, expliqua Marie Simone en indiquant la partie gauche de la grange, c'est pour Ernest. Tout le reste est à toi.

– Mais…

Paule ne put terminer sa phrase tellement elle était surprise.

– J'ai tout organisé de mon mieux, raconta Justin, dans le fond ce sont les meubles de la Générale qu'elle a gardés pour toi. Et tout le reste, ça vient de Firmin, des clients qui se débarrassaient de leurs meubles ou bien des bonnes affaires que Marie Simone a pu faire en brocante.

– Mais c'est dingue !

– Oui, hein ? C'est incroyable !

– On ne t'a gardé que les meubles les plus solides et les plus utiles, compléta Marie Simone. Tu as de tout : des lits, des armoires, des commodes, des fauteuils et de la vaisselle.

– Ah ! La vaisselle ! s'amusa Justin, à mon avis, tu peux ouvrir un restaurant ! Marie Simone ne supportait pas le casseur de vaisselle à la foire de Lonqwy sur le Doubs et donc elle achetait tout ce qu'elle pouvait pourvu qu'il ne casse pas.

– Mais, enfin ! Il cassait la vaisselle quand tu ne l'achetais pas ! C'était horrible ! s'offusqua sa femme totalement traumatisée.

– Je n'en reviens pas, finit par articuler Paule. Ça sort de l'entendement.

– Je comprends que tu sois étonnée, reprit Justin, mais je t'assure qu'il n'y a rien d'extraordinaire dans tout cela. Firmin et Maryvonne nous avaient fait promettre de mettre de l'argent de côté pour toi et de te monter un trousseau. Nous avons simplement obéi.

Paule ne savait plus que penser, tout cela ressemblait à un rêve.

– *Bon, on ne va pas passer la journée à essayer de comprendre, il est temps de choisir les meubles*, décida Auguste qui se promenait dans les travées. *De quoi avez-vous besoin ?*

– D'un bureau.

– Tu dis ?

– Euh, pardon, je pensais à voix haute. Il me faut un bureau.

– Et bien, regardons ce que nous avons qui pourrait faire l'affaire.

Chacun parcourut de son côté les allées en quête de ce qui pourrait ressembler de près ou de loin à un bureau. Ce fut Auguste qui le premier trouva : une table de monastère. À laquelle, il fallut accorder un fauteuil et, là, ce fut Paule qui trouva un fauteuil cathèdre. Cette fois-ci, ce fut autour de Justin et Marie Simone d'être ébahis par les choix de Paule. Elle ajouta à sa collection des fauteuils Louis XIII dont il allait falloir refaire l'assise et sans doute changer le tissu ; six fauteuils club ; trois armoires bressanes ; une armoire de vestibule et une table basse Art déco.

– Non, mais toi ! s'amusa Marie Simone.

Plus le temps passait au milieu de ces meubles et plus Paule arborait un sourire des plus éclatants. Avant de quitter la grange, elle se rappela qu'il lui faudrait sans aucun doute des étagères que Justin proposa de découper dans des meubles déjà existants, mais plus du tout utilisables. Le soir, Paule raconta à ses parents la caverne d'Ali Baba de Justin et Antoinette lui proposa de venir à Dijon faire un premier tri dans le choix des papiers peints de façon à ce qu'elle puisse ensuite choisir le tissu pour les deux fauteuils Louis XIII. Victorine Théophile ayant appelé Paule pour lui proposer de venir signer le bail le 30 décembre, il fut prévu que ce serait le jour de la chasse au papier peint. Ce vendredi-là, Antoinette et Raymond attendaient Paule devant l'atelier d'Ernest.

– Je vais chercher les clés comme ça, vous pourrez vous mettre à l'abri du vent en attendant que je signe le bail.

– Dis donc, il est très bien son local, commenta Antoinette une fois à l'intérieur.

– Ouais. Il a de la place et pas beaucoup de travaux en fait.

Ils visitèrent pendant que Paule finalisait son projet. Alors qu'elle allait quitter l'immeuble, elle fut interpellée par Renée.

– Eh, vous !

– *Jawohl, Herr General*, fit Auguste au garde-à-vous.

– Oui ?

– C'est vous qui prenez le nouveau bureau ?

– Oui.

– Vous cherchez pas aussi un logement ?

– Je, euh…

– Voilà, c'est au sixième ! Vous me rendrez les clés en sortant.

Paule n'eut pas le temps de dire oui ou non qu'elle se retrouva avec les clés de l'appartement du sixième dans les mains.

– Bah

– *C'est chez moi,* lui souffla Auguste. *C'est libre depuis plus de six ans, mais je doute que cela vous convienne. C'est vieux.*

– Ah ! J'oubliais, cria Renée plus ou moins aimable, vous pourrez ouvrir les volets, mais pensez à les refermer !

– Oui Madame.

– Eh ben, elle veut vraiment que vous visitiez, on dirait. Je vous guide ?

– S'il le faut, mais c'est nul si c'est pour rien.

Elle sortit son portable et appela sa maman.

– Vous pouvez me rejoindre ? J'ai un appartement à visiter.

Cinq minutes plus tard, les deux enfants Maréchale étaient dans le hall. Antoinette s'extasia devant ce dernier ce qui n'échappa pas à Renée qui avait surgi de nulle part. Paule fit rapidement les présentations qui passèrent à la trappe dans l'esprit de Renée bien trop abasourdie par la taille de Raymond. Une montagne. Elle tourna les talons après leur avoir indiqué le sixième. Antoinette interrogea sa fille du regard, mais celle-ci se contenta de hausser les épaules. Ils prirent l'ascenseur et atteignirent l'étage non sans avoir admiré les paliers. Paule ouvrit la porte et une odeur de renfermé leur sauta aux narines.

– La vache ! Ça sent pire que les pieds, lâcha Raymond. Et en plus, on n'y voit que dalle.

Ils ouvrirent donc les portes pour avoir accès aux fenêtres et ouvrirent les fenêtres pour avoir accès aux volets. La lumière pâle du jour entra avec hésitation, elle qui était persona non grata depuis de nombreuses années.

– C'est bien bizarre cet agencement, remarqua Antoinette.

– Bordel, jura Raymond qui avait fait rapidement le tour, ce sont des chambres de bonnes ! Le propriétaire a dû se faire des couilles en or.

– Raymond ! le reprit Antoinette.

– Ouais, je ne peux pas mettre de piano, soupira Paule.

Ce que confirma son oncle, mais pour en être sûrs, ils passèrent dans toutes les pièces, observèrent minutieusement chacune d'entre elles puis finirent par refermer les volets. Alors qu'ils avaient atteint le troisième étage, Raymond se frappa violemment le front.

– Des chambres de bonnes ! Quelle quiche ! Bien sûr ! Ne bougez pas, je reviens.

Renée vit passer en trombe Raymond qui s'insultait de quiche et autres noms d'oiseaux ; elle le vit repasser et avaler les escaliers sans avoir pour autant mis des bottes de sept lieues et se demanda si elle avait vraiment eu une bonne idée en proposant l'appartement à la nouvelle. Paule et sa maman avaient patiemment attendu au troisième étage le retour de l'enfant prodigue en se demandant bien ce qu'il avait en tête. Quand il les dépassa à toute vitesse, elles furent bien obligées de le suivre et de remonter au sixième.

– Les chambres de bonnes, ce sont des cloisons ! Et les cloisons, ma petite Paule, ça se casse ! On va savoir tout de suite si j'ai raison.

Il sortit le mètre qu'il avait pris dans l'atelier d'Ernest et tendit un bloc et un crayon à Antoinette.

– Tu vas noter les mesures que Paule et moi allons te donner et tu mettras une croix à chaque fois que je te dirai si c'est une cloison.

Paule et son oncle mesurèrent, Antoinette nota et Raymond tapota les murs.

– Là, c'est une cloison, Antoinette, mets une croix. Là aussi, là aussi, là non, là si.

Après une bonne heure, Raymond avait fait le tour. Il prit le bloc des mains d'Antoinette et commença à faire ses petits calculs.

– Ma puce, ça sent bon ! l'informa-t-il en regardant son plan. Regarde. Si tu abats une cloison ici, une là et une encore là, tu obtiens une surface d'un peu plus de 30 m² voire plus puisqu'il y a un renfoncement à gauche. Ton piano, il tient. Il tiendra encore plus si tu abats les portes qui donnent sur le couloir et encore plus si tu abats les portes de la cuisine qui donnent aussi sur le couloir. Ça va te faire un espace totalement ouvert, l'idéal pour ton piano.

– Tu es sûr ? questionna Antoinette en demandant à voir le plan de plus près.

– Certain.

– Bon, on ne s'emballe pas, on va laisser Paule refaire un tour de l'appartement et après on réfléchira. Cela dit, en le regardant mieux, il ressemble quand même beaucoup à celui que tu avais rue de Tivoli, ajouta-t-elle soudain.

– Et en plus, tu as au bas mot plus de 200 m² !

– Fais le tour, on t'attend sur le palier.

– *Je dois reconnaître que je n'avais même pas pensé à faire tomber les cloisons*, se morigénait Auguste. *Si je puis me permettre, vous devriez tenter. On est au sixième, le quartier est calme. En dessous, ce sont les Théophile et en face un couple d'architectes.*

– De quand date la construction ?

– *L'immeuble, de mémoire, n'a pas très bien vécu la guerre. Il a été au ¾ détruit et la construction est assez récente parce que si je me rappelle bien, Renée devait avoir à peine une dizaine d'années. Elle suivait sa mère pour nettoyer les saletés laissées par les ouvriers. Je dirais qu'on est dans les années soixante.*

– Oncle Raymond, appela Paule.

– Oui ma puce ?

– Mon piano est très lourd et apparemment la construction date des années soixante

– Alors t'inquiète, la construction a été faite de telle sorte que les étages supportent le poids des autres. A priori, on n'est pas dans un grenier rénové, mais dans un étage normal, donc y'a pas de risque pour ton piano. Ils ont dû faire comme beaucoup d'immeubles dans le quartier, ils ont laissé les façades et refait l'intérieur.

– Et tu crois que le piano passe par les escaliers ?

– On peut faire passer un 30 t dans tes escaliers, ma puce !

Quand Renée récupéra les clés, elle vit avec satisfaction qu'elle avait eu du nez. Elle donna à Paule les coordonnées du vendeur et se réjouit d'avance de la prime qu'elle allait recevoir pour avoir réussi là où les agents immobiliers avaient échoué. Il faut dire qu'elle ne leur avait pas facilité la tâche en obligeant les propriétaires à refuser tous les promoteurs et tous les candidats à l'achat qui s'étaient présentés.

– Pas de ça chez moi, leur avait-elle clamé.

Le propriétaire actuel ayant quelque peu flirté avec l'illégalité et profité de la bienveillance de Renée céda à toutes les injonctions de la concierge. Il fut donc particulièrement surpris lorsqu'il reçut l'appel de Paule et encore plus quand elle lui demanda son prix et bien davantage quand elle lui demanda un délai de deux jours pour faire les calculs relatifs à son prêt. C'était le premier acheteur sérieux depuis de nombreuses années. Ou plutôt non, c'était le premier acheteur qui convenait à Renée. Il ne fallait pas la laisser s'échapper. Paule trouva que le prix était particulièrement correct par rapport au marché nonobstant les travaux et l'état désastreux de certaines pièces sans compter la plomberie. Elle passa donc sa journée du trente et un à calculer le meilleur prêt possible et surtout à bien vérifier en tenant compte de son salaire, du coût des travaux et des impôts qu'elle avait la capacité d'acheter cet appartement. Elle n'en oublia pas pour autant de préparer la soirée du réveillon qu'elle avait prévu de passer avec Ernest lequel s'était attribué royalement une semaine de congé. Ils passèrent leur soirée à faire des projets d'avenir et à jouer au Scrabble. Le lendemain, ils étaient invités chez Justin avec le colonel et les parents de Paule.

2017

– Nous sommes très heureux de vous avoir tous à la maison et je lève mon verre à l'aube de cette nouvelle année qui commence sous de bons auspices, Paule et Ernest ayant de nouvelles opportunités s'offrant à eux.

– À 2017 ! s'écria l'ensemble des convives.

– Et j'espère, ajouta Marie Simone, que vous nous montrerez ce que vous avez trouvé comme tapisserie.

– Alors là, bien évidemment, commença Antoinette, d'autant que la journée a été des plus bizarres.

– Tu en as trop dit, tu dois nous raconter, lui ordonna le colonel.

Antoinette, de façon à être bien entendu de tous, se leva et s'adressa à chacun d'entre eux.

– Paule nous avait laissés dans l'atelier d'Ernest le temps d'aller signer son bail et voilà qu'elle nous appelle parce qu'elle doit visiter un appartement. Donc, nous, on arrive.

– Et vous êtes accueillis par cerbère, commenta Justin.

– Oui, pas loin. On arrive au sixième, on visite, ça ne convient pas, on redescend et ne voilà pas que Raymond se rappelle que les cloisons, ça se casse. Donc il nous plante au milieu des étages nous demandant de l'attendre puis il remonte avec un mètre et un bloc. De là, on retourne dans l'appartement, ils se mettent tous les deux à mesurer, moi je note sur le plan de Raymond les mesures et on découvre que le piano peut entrer. Du coup, on redescend, Paule demande des renseignements sur l'appartement et on retourne au local d'Ernest. Au moment où on ressort, une sorte de géant se place dans l'encadrement de la porte et me demande si tout va bien. Moi, j'ai la trouille, j'appelle Raymond et ne voilà pas que les deux se mettent à discuter comme s'ils se connaissaient depuis des années. Raymond appelle Paule qui salue ce monsieur qu'elle semble connaître et là, Raymond qui demande « vous ne connaîtriez pas un peintre par hasard ? ». Et le monsieur tout tatoué de répondre que oui et qu'il fallait aller demander Amir à l'épicerie. Donc, on va à l'épicerie, on demande Amir et il prend rendez-vous avec Paule pour voir le chantier. Après, il est midi, on rentre et on n'a strictement rien fait.

– Et vous avez donc passé l'après-midi dans les magasins, s'amusa Marie Simone.

– Et tu oublies de dire, ma chère sœur, que pendant qu'on causait avec le gosse, tu papotais avec le propriétaire de l'épicerie : et vas-y que je raconte mon épicerie et que je compare.

– Mais oui ! L'épicier est un homme tout à fait charmant.

La Générale, qui siégeait en bout de table, s'était éteinte quand elle avait entendu que Paule avait trouvé un logement à Dijon.

– Tu ne veux pas habiter le Jura ? lui demanda-t-elle tristement.

– Je ne sais pas, lui répondit-elle. Il me faut un vrai logement, je ne peux pas recevoir mes clients chez grand-mère et pour mon travail Neublans n'est pas très pratique.

Paule sentit sa déception.

– Vous savez, j'ai pensé à acheter ici, mais le côté pratique m'a fait changer d'avis. Je suis près de la Suisse, mais... Je crois, reprit-elle, que ce que je voudrais, c'est deux endroits. Un endroit pour le travail et un endroit pour me ressourcer. Oui, je crois que c'est ça. Un endroit de chaque. Mais ce n'est pas gratuit.

– Donc, tu pourrais acheter plus tard par ici ? demanda la Générale pleine d'espoir.

– Je crois que ça me plairait, oui. Mener la même vie que lorsque j'étais enfant.

– Suzanne serait heureuse de t'entendre.

– Vous avez fait beaucoup pour moi, vous savez. Vraiment beaucoup. Je sais tout ce que je vous dois.

La vieille dame leva une main tremblante en signe de protestation.

– Je l'ai fait parce que je le devais. Et que cela me faisait plaisir. Tout le monde y a trouvé son compte. As-tu trouvé les meubles que j'avais gardés pour toi ?

– Oui. Merci. Je ne pourrai jamais...

– Je les ai hérités d'un oncle. Un homme fortuné, militaire de carrière et sans enfant. Quand je les ai vus, je me suis dit qu'ils te plairaient.

– Et vous aviez parfaitement raison.

– Un jour, tu sauras. Un jour, tu comprendras que c'est moi qui ai une dette.

La vieille femme se tut et garda son sourire énigmatique sur les lèvres.

– *Ben, j'ai rien compris*, dit Auguste.

– Moi non plus.

– *Ça se trouve,* dit-il rigolard, *elle aussi, elle se parle à elle-même.*

Paule garda sa main dans celle de la générale et ne la lâcha que pour utiliser son couteau pour manger. Tous passèrent une excellente journée interrompue par les différents appels des enfants d'Antoinette, de ceux du colonel et par Günter Moritz.

– Madame Maréchale de Saint-Jean ?

– Elle-même.

– Günter Moritz. Pourriez-vous être à Genève demain à dix heures ?

Paule réfléchit un quart de seconde.

– Oui.

– Parfait. À demain donc. Oh, évitez de venir avec votre voiture de collection. Il fait très froid en Suisse et nous avons beaucoup de neige.

Et il raccrocha.

– *Bah, ça va lui* ! s'agaça Auguste, *un peu plus et il vous faisait venir aujourd'hui.*

– C'était qui ? demanda Ernest.

Elle lui raconta et il prit la décision de l'accompagner en Suisse avec sa propre voiture.

– Pendant que tu discuteras avec ton client, j'irai faire mon jogging.

Le docteur Morgenstern appela également, mais son appel reçut un accueil plus frais.

– Il aime bien Paule et ça ne plaît pas à Matthieu, expliqua Geneviève à la Générale.

– Ni à Justin, compléta Marie Simone.

– Pourtant, il est très bien.

– Et beau garçon.

– Tu en penses quoi Ernest ?

– J'en pense qu'il a été là quand on a eu besoin de lui et qu'il a fait bien plus que son travail. Sans compter que Titine l'aime bien.

– Alors, si Titine l'aime bien, c'est bon signe.

– Mais Raymond ! Il est plus jeune que Paule !

– Et alors ? Ma filleule est une belle femme. La tête sur les épaules. Et elle a assez souffert comme ça. S'il est gentil, ça me va. Sers-moi donc un verre au lieu de jouer les vierges effarouchées.

– Et s'il se moquait d'elle ? suggéra Justin.

– Je le pends par les couilles !

– Très bien ! approuva la Générale. Je vous aiderai s'il le faut !

– Maman !

La vieille dame offrit un sourire d'ange à son fils.

– C'est ma Paule à moi aussi. J'ai promis de prendre soin d'elle, je le fais.

– Je lève mon verre à la Générale, tonna Raymond.

L'assemblée reprit en chœur le toast.

- *Sinon, c'est sympa qu'ils vous demandent votre avis*, s'amusa Auguste.

Le lendemain, Ernest conduisit Paule en Suisse. Günter Moritz était déjà à les attendre sur le perron.

– Bah dis donc, on n'avait pas intérêt à être en retard, remarqua Ernest.

– Apparemment.

Günter Moritz désapprouva la présence d'Ernest, encore plus quand il le vit en tenue de jogger.

– Mon ami, va aller courir pendant que nous discutons.

Leur hôte eut un instant d'hébétude avant de répondre. A priori, il n'avait jamais vu quelqu'un de moche.

– Où avez-vous prévu de courir ?

Ernest sortit sa carte et lui montra le tracé qu'il avait préparé. Günter Moritz jeta un regard admiratif à ce qu'Ernest avait programmé. Il le dévisagea et admit que malgré sa grande laideur, c'était un sportif accompli. Ce qui aux yeux de Günter Moritz équivalait à la Légion d'honneur. Il porta les yeux sur Paule et haussa les sourcils. Elle portait sa casquette verte et sur ses cheveux blancs, c'était du plus bel effet. Il fut interrompu dans ses réflexions par ses petits-enfants qui déboulèrent à toute vitesse et se stoppèrent net dans leur élan en voyant Ernest.

– Ernest, je te présente Piotr et son cousin Hans.

– Ravi. Bon, j'y vais, on se retrouve à la voiture.

Il embrassa Paule sur la tempe et partit courir. Churchill coupa court au silence qui suivit en sautillant tout autour de Paule attendant qu'elle le grattouille entre les deux oreilles puis il céda la place aux lévriers.

– Bon, les enfants, ne nous dérangez pas, nous avons à discuter.

– Jawohl, répondirent-ils en chœur.

Günter Moritz conduisit son invitée à son bureau et lui indiqua un fauteuil Chesterfield. Il resta un instant debout ne sachant par où commencer. Finalement, il prit plusieurs dossiers, s'assit en face de Paule et déposa, avec un geste provocant, une photo sur la table les séparant.

– Mon père.

Paule baissa les yeux et ne cilla pas, ce qui le surprit fortement lui qui s'attendait plutôt à une moue de dégoût.

– Je présume que vous connaissez mon âge.

Ce n'était pas une question, mais un moyen de commencer son récit.

– Je suis né en 1949. Je suppose que vous ne savez rien de cette période.

– Séparation des deux Allemagne, fin des procès pour dénazification, guerre froide.

Paule cita rapidement le contexte de cette année si particulière pour les Allemands et les Autrichiens.

– Je vois que vous connaissez. Mon père s'appelait Jan Michael Moritz. Il était allemand. Ma mère était autrichienne. Ils se sont rencontrés en 1938.

– *C'est l'Anschluss*, chuchota Auguste.

Paule ne dit rien.

– Je suis né dix ans plus tard. Mon père était un nazi convaincu, un antisémite notoire et un membre de la SS.

– *Des Totenkopf*, précisa Auguste en voyant la tête de mort orner la casquette. *Les pires.*

Auguste avait très mal vécu cette période. Être là, voir les événements arriver, avoir le pouvoir de les empêcher et ne pas être entendu. Même au paradis, ils avaient été débordés par la cruauté humaine : des légions d'anges gardiens avaient été larguées sauvant quelques vies pour des milliers d'autres perdues. Satan informa qu'il n'y était pour rien et qu'il avait trouvé plus fort que lui. Les Totenkopf, Auguste les avait vus à Auschwitz. Paule prit le temps d'observer de nouveau la photo et reporta ses yeux sur Günter Moritz. Il ne lut rien dans son regard : ni animosité, ni dégoût, ni colère.

– J'ai grandi dans cette idéologie, lâcha-t-il enfin.

Il se leva et commença à faire les cent pas.

– Mon père m'a tout appris, il m'a appris ses propres vérités et j'y ai cru. Parce que c'était mon père, parce que ma mère me racontait qu'il était un héros, parce que mes grands-parents paternels étaient des fanatiques qui tenaient le même discours. Il n'a pas fait partie des condamnés, il n'a pas été jugé et a continué de vivre sa vie en toute sérénité.

Il y avait du mépris dans sa voix.

– J'ai tellement cru à cela. Jusqu'à Margaretha. Je suis né en Autriche et ma femme aussi. Nous nous sommes rencontrés dans une station de ski du Voralberg, à l'ouest du Tyrol. J'ai vécu dans un monde fait d'aisance et de rancœur issue de la dénazification. Mes parents ont vu 40 % de leurs biens confisqués et une augmentation de 10 % de leurs impôts. La fortune de ma famille a été amputée de presque la moitié de ce qu'elle possédait et mon père ne cessait de me répéter que tout cela n'était qu'une injustice. La famille de mon épouse a connu les mêmes déboires et tous les deux nous avons, enfants, haï les Alliés. Mais nous avons appris à nous taire.

Il se tut, sortit une cigarette et se rassit.

– J'ai fait ma vie d'industriel, j'ai repris l'entreprise de travaux publics, j'ai même repris la gestion de la brasserie de mon beau-père, je peux affirmer que j'ai réussi ma vie. Ma femme m'a donné trois enfants et un amour infini. À la mort de sa grand-mère, elle trouva sa mère en train de brûler des documents. Le destin a voulu qu'elle soit interrompue laissant à Margaretha l'opportunité de jeter un œil sur les documents. Nous étions jeunes mariés, on était en soixante-huit. La grand-mère de ma femme est morte à soixante-trois ans, c'est jeune. En lisant les documents, nous nous sommes rendu compte qu'il s'agissait de documents officiels datant de la guerre. Ma belle-mère avait été peu diserte à propos de cette période prétextant qu'elle avait vécu ce que tous les Autrichiens avaient vécu ni plus ni moins. Jetant sa bile contre les Français qui, occupant la zone où nous habitions, avaient tenté à leur façon de dénazifier en douceur. Ces imbéciles ont cru qu'en touchant à la culture, ils remettraient le peuple autrichien dans le droit chemin. Le nazisme était tellement ancré que cela aurait dû être à coups de tractopelle qu'il aurait fallu agir. Ma belle-mère a perdu son poste d'universitaire et les membres de sa famille ont été encartés dans la catégorie des nazis convaincus. Ce qu'ils étaient. Parmi tous les documents que Margaretha a pu récupérer, il y avait quelques feuillets d'une écriture minuscule. En les lisant plus attentivement, nous nous sommes rendu compte qu'il s'agissait de quelques extraits du journal intime d'Agnete, la grand-mère de Margaretha. Vous n'imaginez pas le choc.

Il se pencha et sortit une pochette.

– Ce sont des ordres d'arrestation entre autres. Agnete n'a jamais été nazie, comme bon nombre d'autres Autrichiens. Au contraire, elle a lutté contre. Dans ces documents, on trouve les raisons de son arrestation, la date, et les traitements auxquels elle a été soumise. En lisant les quelques pages de son journal, nous en avons déduit qu'elle avait été dénoncée par son propre frère. Ce qu'il n'a jamais nié. Margaretha était tellement abasourdie qu'elle est allée lui poser la question et c'est là qu'il lui a donné sa propre version. Qui ne cadrait pas avec la personnalité d'Agnete. Mais nous l'avons prise pour argent comptant. Officiellement, tout du moins. Officieusement, ma femme et moi avons fait de très discrètes recherches et avons découvert qu'elle avait été déportée à Ravensbrück comme opposante politique. Ce fut un coup de semence pour nous. Tout notre univers s'écroulait. Les mensonges, les tromperies, tout apparaissait au grand jour. Oh, n'allez pas croire que ce fut facile pour nous ensuite. Il nous a fallu mentir à nos proches et cacher ce que nous avions appris. J'ignore pourquoi. Sans doute par loyauté, sans doute par obéissance, peut-être parce que nous n'arrivions pas à y croire totalement. C'était tellement en inadéquation avec ce que nous avions eu comme éducation. Après plusieurs années de recherche du côté de mon épouse, nous nous sommes penchés sur ma propre famille. Je savais ce qu'était la SS, mais j'ignorais la teneur des camps d'extermination. Soixante-huit, c'est cinq ans après les procès à Francfort. Une véritable bombe. Nous avons affronté tout ce que l'Allemagne nazie avait fait pendant cette période. Tout cela était tellement tu que les jeunes générations comme la nôtre ignoraient jusqu'à l'existence des camps d'extermination. Alors vous pensez bien, que lorsque j'ai découvert que mon père était de garde à Auschwitz et qu'il avait également eu une période à Mauthausen…

Il s'arrêta comme épuisé. Pour lui laisser le temps de se reprendre, Paule prit les documents et laissa ses yeux parcourir les lignes en Autrichien. Auguste qui avait en mémoire quelques notions lui traduisait ce qu'il pouvait. Le visage de Rosalie remonta à la surface. Rosalie et le récit de sa déportation. Alors qu'elle partageait un café avec la cuisinière de Madame de Montmorency, c'était sorti comme ça d'un coup « j'étais à Auschwitz ». Elle avait montré son tatouage et commencé son récit. D'abord décousu puis maîtrisé. Dans chaque mot, chaque virgule, chaque silence, l'indicible s'exprimait : l'arrestation, le trajet en wagon, l'arrivée à Auschwitz, le tri, la « chance » d'être mise au travail et puis la rencontre avec Mengele. Mengele et son délire. Tout, elle avait tout raconté, sans fard, sans filtre et Paule avait tout absorbé. La mort de Noémie avait enterré cette histoire qui renaissait de nouveau dans ce bureau.

– Votre fille ignore ce passé ?

Il approuva du chef. Le cerveau de Paule se mit à fonctionner : pourquoi était-elle là ? Et puis, ce fut la révélation.

– Les biens familiaux sont issus de spoliation ?

Il acquiesça, totalement abattu. Paule avait suivi avec attention les cours d'économie liée à l'histoire des spoliations. Elle avait toujours été fascinée par les États qui volent, trompent légalement leur population. Sans vergogne aucune, juste pour le bien des plus riches. Elle avait analysé les mécanismes et les rouages de ce machiavélique mépris du peuple ; elle avait été écœurée et à sa façon avait lutté contre l'accaparement des richesses par les plus riches en refusant d'entrer dans ce système. Toutes les banques n'étaient pas pourries, loin de là, mais le système, lui, l'était.

– Vos biens sont gérés en Autriche par la banque d'origine ?

Il fit de nouveau signe que oui.

– Vous savez que vous ne pouvez pas me confier ces actifs-là.

– Je sais. Mais je peux vous confier les miens et ceux de mon épouse, articula-t-il clairement.

Il lui tendit deux dossiers volumineux.

– Lorsque nous avons compris les origines de la fortune familiale, nous avons décidé de nous en détacher. J'ai dit à mon père que je voulais être indépendant afin de lui prouver ma valeur. Fadaises qu'il a avalées non sans fierté. Ma femme a fait de même et nous avons rendu nos parts. Rien dans ces dossiers ne peut nous relier aux comptes en Autriche, rien à part notre nom et notre sang. Si je confie à Rothschild mes actifs, poursuivit-il, ils chercheront à avoir ceux qui sont en Autriche et je ne veux pas que mes enfants et petits-enfants soient salis par ce passé. C'est déjà assez compliqué de vivre avec.

Paule comprit qu'il vénérait toujours son père tout en le détestant, une dualité qui le rendait froid et hautain.

– *Ben, moi je ne comprends rien*, avoua Auguste.

– Tandis que si vous me confiez vos actifs, vous pourrez arguer que c'est ça ou rien. Vous leur cédez tout en restant le maître.

Une lueur d'admiration s'afficha dans les yeux de Günter Moritz.

– Je vieillis Paule Maréchale de Saint-Jean, je vieillis et je voudrais vivre sereinement sans m'inquiéter du lendemain. Profiter de ma famille sans me poser la question toutes les cinq minutes si mes placements fructifient ou pas ; si on va faire le lien entre le passé nazi de ma famille et le futur de celle que j'ai construite. La mort de ma femme a bousculé beaucoup de choses. Vous me l'avez dit vous-même : l'argent, on le laisse derrière soi. Vous connaissez le monde de la finance, vous savez à quel point il est prenant, invasif, intrusif. J'ai protégé ma famille du mieux que je pouvais et là, j'ai envie de repos, de lecture, de promenades, de jouer au rami.

Un pâle sourire éclaira son visage.

– Vous êtes compétente ; j'apprécie votre façon d'être et votre honnêteté.

– Vous avez des préférences d'investissement ?

Il sourit plus franchement. Ils s'étaient compris. Un immense poids tomba alors de ses épaules.

– Pourquoi ne pas en discuter en marchant ? L'air est froid, mais il est sain.

Il appela ses petits-enfants pour qu'ils les accompagnent et la petite troupe s'égaya dans les espaces enneigés de Suisse. Günter Moritz assista impuissant, mais heureux, à l'inévitable bataille de boules de neige entre Paule et les enfants, sans compter les chiens qui s'ébrouaient à qui mieux mieux dans la neige. Quand ils revinrent, ils trouvèrent Ernest devant une tasse de chocolat dessinant fébrilement sur son carnet de notes.

– Ah bah d'accord ! se moqua-t-il en voyant le manteau de son amie parsemé de neige, et après on dit que c'est moi qui fais des bêtises.

Günter Moritz leur proposa de partager leur repas qui se termina par trois parties de rami. Ernest et Paule reprirent la route du Jura et le lendemain Gaspard Dietrich souhaita la bienvenue à Paule dans la banque Rothschild en tant que gestionnaire de patrimoine. Il s'était arrangé avec le groupe H qui la gardait en tant qu'analyste financier. Ils convinrent du vendredi 12 janvier pour qu'elle vienne signer son contrat. Ernest approuva le choix du 12 janvier « comme ça, on peut aller à Dijon s'occuper de mon atelier et de ton bureau, car il serait temps qu'Amir se mette au travail ». Le 4 janvier, ils investissaient de nouveau les lieux, mais cette fois-ci avec Amir.

– Bon, dites-nous par quoi vous voulez commencer.

– Je ne sais pas, répondit-il timidement, c'est comme vous voulez.

– Alors, le bureau de Paule en premier, proposa Ernest.

– Non, la salle d'attente, le reprit-elle. Vous commencerez par la salle d'attente. En revanche, ce sera le samedi après-midi et le dimanche pour ne pas gêner la patientèle. Est-ce possible ?

– Oui, Madame.

– Le reste de la semaine, vous travaillerez ici en attendant que le cabinet soit terminé.

– Et après, le bureau de Paule, insista Ernest.

– Oui, mon bureau.

– Ce que je peux faire, c'est votre bureau et en même temps l'atelier.

– Vous pouvez faire les deux ?

– Oui, Madame. C'est que de la peinture et de la tapisserie. Vous n'avez pas de travaux donc je peux faire les deux. Comme ça, vous aurez votre local prêt en même temps.

Ils lui sourirent.

– Bien. C'est vous le professionnel. Combien de temps vous faut-il et quel est votre tarif horaire ?

– Pour le cabinet, je pense trois week-ends, grand maximum. Les murs ont déjà été très bien préparés, je n'ai pas grand-chose à faire. Ici, si je viens tous les jours, je pense quinze jours pour faire les deux pièces. Et pour votre bureau, je dirais deux ou trois semaines du fait de la hauteur sous plafond.

– Et votre tarif ?

Le jeune homme de vingt ans rougit et sa gêne fut plus que visible. D'instinct, Ernest le laissa seul avec Paule.

– Je veux travailler gratuitement.

– Alors ça, ce n'est pas possible. Ce serait de l'exploitation.

– C'est ça ou rien, fit-il d'un ton plus ou moins assuré.

– Pourrais-je savoir pour quelle raison vous voulez travailler gratuitement ?

– J'ai fait une bêtise et je dois payer.

Elle garda le silence.

– J'ai fait de la prison, finit-il par lâcher dans un souffle.

– Combien de temps et pourquoi ?

– Drogue. Deux mois.

– Quand ?

– Il y a deux ans.

– Pourquoi avez-vous dealé ? Parce que je suppose qu'il s'agit de cela ?

– Je ne sais pas, avouait-il penaud. Mes copains le faisaient, je venais d'avoir mon bac pro, je ne sais pas.

– Vous dealez toujours ?

– Non, non ! s'écria-t-il. Non, non. Je promets. J'ai déconné, mais c'est fini. Mon grand-père... Je l'ai déshonoré. Je dois payer.

– Pourquoi le bac pro peintre ?

Il haussa les épaules.

– Je suis arabe, c'est ma place.

– Conneries ! s'exclama Paule en colère.

– *Je confirme qu'il raconte des conneries*, constata Auguste.

– Exact.

– Pardon ?

– Vous mentez, mais j'ignore sur quoi et surtout pourquoi.

Il la fixa stupéfait. Elle était là, debout, devant lui, sûre d'elle. Elle eut soudain une idée.

– Dois-je appeler Honoré ?

Elle avait tapé juste.

– Non, s'il vous plaît, il veut m'aider.

– Je vous écoute.

– J'avais quinze ans. J'ai eu du sursis.

– Combien ?

– Six mois.

– Ça fait beaucoup.

– C'est parce que j'ai été pris plusieurs fois. Mon grand-père, ça l'a tué, vous savez mon père est mort d'un accident de la route et c'est lui qui m'a élevé avec ma grand-mère.

– Vous habitez donc chez eux.

– Oui. Ma mère s'est remariée et je ne m'entends pas avec mon beau-père. Il est gentil, mais je n'y arrive pas.

– Bien, fit-elle après un long silence. Je résume : vous avez dealé, vous avez été pris plusieurs fois, vous avez eu du sursis, vous êtes élevé par vos grands-parents que vous avez déçus, vous avez un bac pro de peintre et vous êtes sans emploi, c'est bien ça ?

– Oui, Madame.

– Et vous devez vous racheter.

– Oui, Madame.

– Ernest, tu peux aller chercher les rouleaux de papier peint afin qu'Amir nous dise combien on doit aller en acheter s'il te plaît ?

– Mais ?

– Quoi ? Vous devez vous racheter oui ou non ?

– Oui.

– Bon, voilà. Vous travaillez pour nous.

– Gratuitement, Madame, hein ?

– Gratuitement pour Ernest et moi. En revanche, les médecins vous paieront. Ils ne feront pas partie du deal.

Soulagé et ravi, Amir tendit la main à Paule afin de sceller leur accord. Il déroula quelques mètres de chaque rouleau, mesura et fit une estimation du nombre de rouleaux à acheter. Il admira le beau vert Napoléon choisi pour le bureau de Paule ; le joli marron clair avec des entrelacs en marron plus foncé pour le cabinet et la couleur crème choisie pour l'atelier d'Ernest. L'après-midi, les deux amis commandèrent les rouleaux, achetèrent la peinture et tout le matériel nécessaire à Amir. Ce même après-midi, en leur offrant une bière, Honoré leur parla de deux de ses amis, anciens légionnaires comme lui qui cherchaient quelques petits boulots pendant la saison morte des déménagements. « Et comme vous êtes dans les travaux, je me suis dit ». Paule et Ernest se saisirent de l'occasion pour parler des cloisons abattre au sixième. Honoré n'eut aucune difficulté à convaincre ses deux amis, Serbes d'origine, à se mettre au service de Paule. Même le docteur Morgenstern qui redoutait le départ de Paule se réjouit de la tournure des événements. Il est vrai que depuis son retour, il passait quasiment toutes ses soirées avec elle et constatant qu'elle ne changeait pas d'attitude avec lui alors qu'une nouvelle vie s'offrait à elle, il se rassura et se convainquit que leur relation prendrait un nouveau tournant, mais qu'elle ne prendrait pas fin. Amir commença les travaux à la mi-janvier. Son grand-père, Hassan, constata qu'il prenait sa tâche très au sérieux, le voyant partir à sept heures le matin et revenir aux alentours de vingt et une heures le soir, épuisé, mais satisfait. Chaque soir, il partageait avec ses grands-parents l'avancée de ses travaux. Chaque soir, ils buvaient ses paroles donnant parfois des conseils et s'amusant de ses maladresses (mettre le pied dans le pot de peinture). Petit à petit, la confiance perdue revenait. Amir leur raconta comment Justin et Francis réalisaient des miracles dans l'appartement de Paule ; comment ils travaillaient vite, en silence et avec des gestes d'une rare précision. Il leur raconta les difficultés à monter et descendre de l'échelle dans le bureau de Paule du fait de la hauteur de plafond ; il leur raconta la raideur des bras, les douleurs aux genoux, mais il leur raconta également les encouragements des deux médecins, leur plaisir de voir leur cabinet transformé et l'argent qu'ils lui avaient versés sans contester la somme. Il leur fit le récit de l'atelier d'Ernest bien plus facile à gérer et leur raconta comment les deux Serbes avaient livré les meubles pendant qu'il était au-dessus de l'échelle sans s'occuper de lui ; il raconta comment Renée avait disputé Madame Maréchalc dc Saint-Jean parce qu'elle venait nettoyer les escaliers après le passage des deux ouvriers venus casser les cloisons ; il raconta les premiers travaux chez Paule.

– Je dois faire en priorité le salon et une chambre. Mais j'ai aussi fait l'enduit de la cuisine en même temps pour ne pas resalir après.

Il raconta comment Paule parlait toute seule en ponçant les parquets, ouvrage qu'elle n'avait laissé à personne d'autre ; comment les deux Serbes aidés de trois autres camarades avaient apporté la table la plus longue et la plus lourde du monde et qu'ils avaient porté cela comme si c'était un fétu de paille.

– Si vous voyez le bureau ! Il est superbe ! Il est vert avec un médaillon doré au centre qui rappelle une couronne de laurier. Au milieu de la pièce, il y a la table de monastère avec à gauche des étagères en chêne massif que Justin a posées au mur et à droite c'est la porte donnant à la salle d'archives. Derrière le bureau, Madame Maréchale de Saint-Jean a un drôle de fauteuil qu'on appelle un fauteuil cathèdre. Il est très étrange, mais il va très bien avec la table. Et derrière, elle a une table d'entre-deux en merisier sur laquelle elle a posé son imprimante. Et quand on entre, sur la gauche, elle a installé six fauteuils club qui entourent une table basse de style Art déco 1930 avec au sol un tapis d'une épaisseur gigantesque. Mais le pire, c'est la décoration. Elle a mis des masques africains de toutes les tailles, un bouclier en bois africain, des lances, des sabres et elle a mis une vitrine dans laquelle il y a plein de trophées dont, et là, vous n'allez pas me croire, des têtes réduites.

Hassan et Amina regardèrent stupéfaits leur petit-fils.

– Ce sont des cadeaux de son parrain qui a voyagé dans le monde entier. C'est même lui qui les lui a apportés et lui, il est tellement grand, qu'il n'a même pas besoin d'échelle pour fixer les étagères.

– J'ai oublié tellement de choses, confia Paule un soir au docteur Vallin.

– Non, Paule. Votre cerveau s'est focalisé sur votre peine. Il a mis de côté ce qu'il a considéré comme inapproprié, inutile ou superflu. Votre peine est toujours là, mais vous commencez à la gérer ; vous lui avez laissé beaucoup de place pour exister et à présent vous commencez à la contrôler. Votre enfance heureuse et toutes les choses qui vous ont construite ont été refoulées et à présent, elles refont surface parce que vous acceptez qu'elles reviennent. Vous êtes en pleine période de deuil.

– Je n'ai jamais vraiment compris cette expression.

– Elle signifie que vous acceptez de vivre avec l'absence. Noémie est là et elle restera. Par contre, votre culpabilité n'existe plus et cela, c'est fondamental.

Elle entendit soupirer.

– J'ai parfois l'impression d'être totalement déconnectée.

– Ce qui est tout à fait normal. Entre la personne que vous étiez et celle que vous êtes devenue aujourd'hui, il y a un fossé et c'est cela qui est peut-être effrayant. Avez-vous encore des angoisses ?

– Non. Je suis bien trop occupée pour leur laisser la place.

– Ou peut-être êtes-vous davantage capable de les contrôler.

– Peut-être.

Elles échangèrent encore un temps puis raccrochèrent. Paule prit possession de son bureau dès que l'ensemble des meubles fut posé. Elle s'occupa en premier de la salle des archives comme l'avait ainsi surnommée Amir et constata, amusée, que les trois armoires bressanes étaient plutôt vides.

– *Oui, ben on vient seulement de s'installer,* fit remarquer pragmatique Auguste.

Et il n'avait pas tort. Le premier visiteur de Paule fut Sylvain Beaufort et sa femme Chantal. Le premier venait pour concrétiser son investissement dans le garage de la rue des Aubépines et confier à Paule deux noms de confrères intéressés par ses compétences. Quant à Chantal, elle était venue pour lui couper les cheveux qui, selon elle, « devaient lui arriver aux fesses ». L'appartement d'Ernest fut utilisé comme salon temporaire ce qui permit à Chantal de noter rapidement l'adresse du nouveau chapelier de la rue des Aubépines.

Paule avait terminé de poncer le parquet du salon et celui de la chambre de Noémie et il était temps de faire entrer les premiers meubles. Ce matin-là, elle était fébrile : inquiète à l'idée que le piano ne passe pas, angoissée à l'idée de ne pas aimer le résultat, angoissée de perdre une nouvelle fois sa fille. Elle était dans cet état d'esprit sur le perron de l'immeuble à faire les cent pas sous le regard quelque peu exaspéré de Renée qui ne voyait pas où était le problème « un déménagement, ça reste un déménagement ». Elle se mordit la lèvre quand elle vit la porte du camion s'abaisser, quand elle vit les déménageurs s'équiper et le piano sortir de son écrin. Elle arrêta de respirer quand ils gravirent les premières marches ; elle n'entendit rien, ne vit personne à part le piano dont elle écoutait chaque respiration. Elle eut peur quand ils le posèrent devant la porte de l'appartement, elle se tordit les mains quand ils entrèrent et quand ils attendirent la deuxième équipe afin de pouvoir assembler les pièces. Elle commença à se ronger les ongles quand la deuxième moitié du piano arriva, que les pieds furent installés, que le piano bascula et se posa doucement avec une immense légèreté sur le parquet et quand enfin il reçut sa deuxième moitié. Elle resta encore un instant en apnée fixant le piano pendant que les déménageurs ôtaient leurs harnais, ouvraient la fenêtre de la cuisine et sifflaient depuis le sixième étage pour que le reste des meubles soit envoyé par la nacelle élévatrice. Elle ne vit pas deux d'entre eux descendre pour charger les meubles sur la nacelle, elle n'entendit pas leurs plaisanteries ni leurs compliments à la cuisinière. Antoinette, se doutant de l'état d'esprit dans lequel devait se trouver sa fille et tout aussi fébrile qu'elle, avait préparé un en-cas et des boissons pour les déménageurs. Quand tout fut monté, Antoinette reprit ses affaires et repartit accompagnée de Pierre chez elle. Ils savaient pertinemment que Paule avait besoin d'être seule. Lentement, celle-ci se mit à regarder l'ensemble de la pièce. Le piano, un peu décalé par rapport à ce qu'elle avait prévu, mais en position centrale ; les bibliothèques posées et montées dans le fond à droite ; les deux fauteuils et le canapé trois places Cambridge contre le pan de mur à droite ; la table basse ; le tapis beige épais ; la pièce rouge bordeaux et blanc. Et surtout ce calme. Si apaisant. Combien de temps resta-t-elle ainsi, elle n'aurait su le dire. Elle huma l'odeur de térébenthine mêlée au cuir des fauteuils, l'odeur des livres si longtemps enfermés mêlée à celle du papier peint tout frais. Elle se dirigea jusqu'à la chambre et observa le lit de Noémie sur la gauche au milieu du mur ; les peluches dans la caisse en bois dans le coin à droite avec les vêtements qu'elle n'avait jamais pu se résoudre à donner ; l'armoire pour le linge de maison à gauche en entrant ; les lampes de chevet ; la petite bibliothèque ; le bureau ; et le papier peint composé de notes de musique sur fond jaune et le reste des murs en uni blanc. Là aussi, elle absorba l'essence de la pièce. Fatiguée par tant de stress, submergée par une douleur immense, elle s'allongea sur le lit de sa fille et pleura. Beaucoup. Tellement qu'elle s'endormit. Auguste était resté caché et râlait de ne pouvoir attraper le couvre-lit pour la couvrir de peur qu'elle ait froid. Ce soir-là, Ernest, débarquant de Paris avec un double des clés emprunté à

Antoinette, s'invita. Il n'appela pas Paule devinant où elle devait se trouver. Il se dirigea vers la chambre, vit son amie et la couvrit avant d'aller s'asseoir sur le canapé. Les larmes qu'Auguste vit couler sur les joues de cet homme si laid le touchèrent profondément. Ernest s'emmitoufla dans une couverture qui traînait et s'endormit après avoir rassuré Antoinette avec un SMS. Lorsque Paule se leva le lendemain, elle ne vit pas Ernest qui était parti de bonne heure pour attraper son train, cédant la place à Amir. Il était, déjà, en train de travailler dans la chambre, il la vit décoiffée, les yeux rougis, mais ne demanda rien. Le soir, il raconta à ses grands-parents la tristesse que portait Paule. Ils ne posèrent aucune question, mais se doutèrent. Il fallut deux jours à Paule pour se remettre. Elle attendit encore deux autres jours avant d'inviter ses parents et amis à visiter. Ils entrèrent tous avec timidité et tous furent profondément émus en voyant le piano. Paule avait pris rendez-vous avec l'accordeur de façon aller jusqu'au bout de l'installation. Tous admirèrent le travail de qualité du jeune Amir et tous le répétèrent à Hassan quand ils allèrent à son épicerie pour chercher de quoi préparer le repas. Lui, l'immigré d'Algérie, fuyant la guerre pour protéger sa famille, lui qui avait connu les camps du sud de la France, lui, l'épicier arabe, avait un petit-fils qui faisait sa fierté. Le passé était oublié. En remerciement, il offrit un Kinder « pour la p'tite ». Apaisée, Paule envoya une photo de son bureau et du salon à Irina et Bertrand. La première lui répondit « Maréchal des logis, t'es givrée » en découvrant les têtes réduites dans la vitrine, « mais je t'aime » ; le second lui promit de devenir et de rester le meilleur afin qu'elle ne lui prenne pas sa place. Quant à la Générale, elle ne cessa de s'exclamer devant les photos prises par le colonel.

Mai.

– Commandant ?

– Madame la Générale ! Quel plaisir de vous entendre.

Elle ne lui laissa pas le temps de poursuivre.

– Le sergent Briac Altan a appelé.

Le commandant de Plessis du Charme se raidit.

– On vient de lui découvrir un cancer du pancréas.

– Seigneur.

– Vous savez comme moi ce que ce cancer a de rapide. Paule doit savoir, maintenant. Avant qu'il ne soit trop tard.

Le commandant aurait voulu dire « vous êtes sûre ? », mais il connaissait déjà la réponse.

– J'ai peur, commandant, avoua la vieille dame.

– Paule est grande, elle comprendra.

– Vous croyez ?

– J'en suis certain. N'ayez crainte, je vais m'occuper de tout.

Il raccrocha et se prit la tête dans les mains. Ainsi, on y était. Le moment tant redouté, temps repoussé était là. Le passé que l'on croyait disparu allait ressurgir d'un seul coup. C'est un homme très âgé qui se dirigea vers son bureau et qui prit un dossier sur l'étagère. Il ne l'ouvrit pas, il en connaissait le contenu. Il passa juste une main tremblante sur la couverture rouge sur laquelle son père avait écrit « Jura 1944 ».

A suivre, Suzanne.

MERCI